向田邦子全集

新版

1

小説一

思い出トランプ

文藝春秋

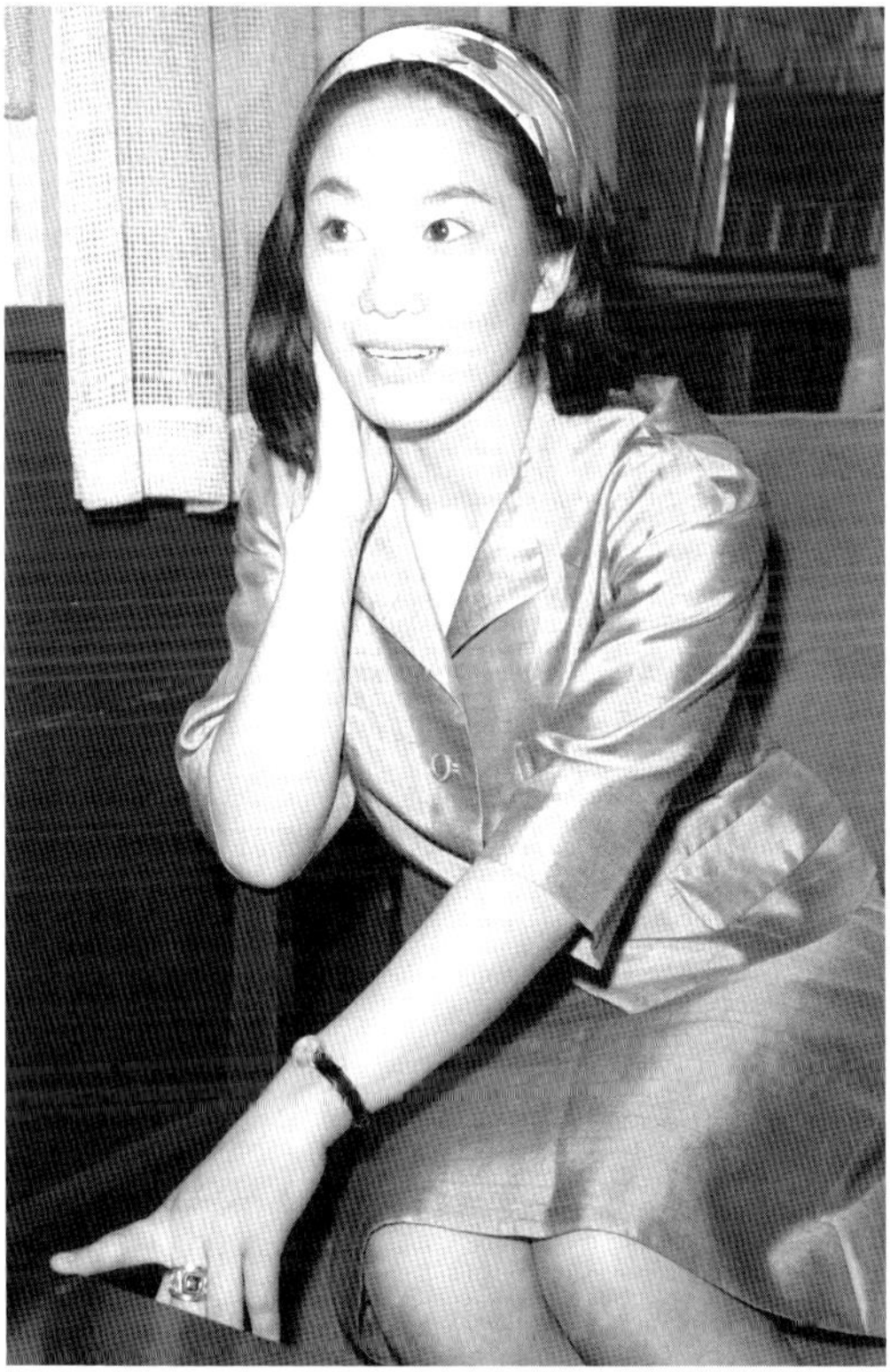

昭和37年、
シナリオライターとして
活躍しはじめたころ

目次

思い出トランプ

小説　一

カバー装画　上楽　藍
装丁　大久保明子
口絵写真　文藝春秋
協力　Bunko／ままや
編集協力　鳥兎沼佳代

思い出トランプ

かわうそ

指先から煙草が落ちたのは、月曜の夕方だった。

宅次は縁側に腰かけて庭を眺めながら煙草を喫《す》い、妻の厚子は座敷で洗濯物をたたみながら、いつものはなしを蒸し返していたときである。

二百坪ばかりの庭にマンションを建てる建てないで、夫婦は意見がわかれていた。厚子は不動産屋のすすめに乗って建てるほうにまわり、宅次は停年になってからでいいじゃないかと言っていた。停年にはまだ三年あった。

植木道楽だった父親の遺したものだけに、うちは大したことないが、庭だけはちょっとしたものである。宅次は勤めが終わると真直ぐうちへ帰り、縁側に坐って一服やりながら庭を眺めるのが毎日のきまりになっていた。

暦をめくるように、季節で貌《かお》を変える庭木や下草、ひっそりと立つ小さな五輪の石塔が、薄《うす》墨《ずみ》に溶け夜の闇に消えてゆくのを見ていると、一時間半の通勤も苦に思えなかった。文書課長という、出世コースからはずれた椅子も腹が立たなかった。おれの本当の椅子は、この縁側だという気がしていた。

厚子も夫の気持が判っているらしく、いつもは二言三言で引き下るのだが、この日は妙にしつこかった。宅次もいつになく尖《とが》った声で、

「マンションなんか建てたら、おれは働かないよ」

と言い返した。

指先に挟んだ煙草が落ちたのは、そのときである。

風かな、と思った。

ふっと風にもってゆかれた、そんな感じだった。

「風があるのかな」

宅次は呟いた。

「風なんかないでしょ。風があれば、洗濯もの、乾いてますよ」

厚子は縁側に出てくると、自分の人さし指をペロリと嘗《な》め、蠟燭《ろうそく》を立てるように立てて見せた。

「風なんかありませんよ」

九つ年下の厚子は、子供のいないせいもあるのだろう、年に似合わぬいたずらっぽいしぐさをすることがある。西瓜《すいか》の種子みたいに小さいが黒光りする目が、自分の趣向を面白がって躍っているのを見ると、宅次は煙草のことを言い出すのが億劫《おつくう》になった。

中年。手足のしびれ感。何という薬の広告だったか、こんな文句があったと思いながら、沓脱《くつぬぎ》の石の上で細い煙を上げている煙草を拾った。手袋をはめたまま物を摑《つか》むような厚ぼったい感じがすこし気になった。

あとから考えれば、これが最初の前触れだった。

この何日あとだったか、仕事中不意に目の前にいる次長の名前が思い出せなくなった。その日だったか次の日か、つきあいで酒を飲み、送りのタクシーで帰ったとき、車から降りたとたんに、糸の切れた操り人形のようにくたくたとなり、地面に坐り込んでしまった。運転手に助け起されてすぐに直ったが、あれも前兆だったのである。

指先の煙草を落してから一週間目に、宅次は起きぬけに朝刊を取りにゆき、茶の間へもどったところで、障子の桟につかまりながら、わからなくなった。

脳卒中の発作だった。

頭のなかで地虫《じむし》が鳴いている。

倒れてからひと月になるが、地虫は宅次の頭の、ちょうど首のうしろあたりで、じじ、じじ、と思い出したように鳴いていた。

意識が薄れたのは、ほんの一時間ほどだったが、それでも右半身に軽い麻痺が残った。杖にすがればどうにか歩けるが、右手はまだ箸が覚束《おぼつか》なかった。

厚子が鼻唄を歌っている。

宅次が倒れてから、厚子はよく鼻唄を歌うようになった。病気は大したことないのよ。そのうち、きっとよくなるわよ。あたし、決して悲観なんかしていないわよ。そういう代りに鼻唄を歌っているように見えた。

もともと、こまめなたちだったが、宅次が会社を休職して、寝たり起きたりになると、厚子は前にも増して、よく体を動かした。坐っているときは、豆の莢《さや》をむいたりレースを編んだり何かしら手を動かしていた。することがない時でも、目玉だけはいつも動いていた。

玄関に人の来た気配がする。車のセールスマンらしい。主人が倒れたので車どころじゃないのよ、と言うかなと耳をすますと、

「ごめんなさいね。うちの主人、車のほうなの」

歌うような厚子の声が聞えた。

そうだ。厚子はいつもこのやりかただった。

化粧品のセールスだと、主人は化粧品関係になったし、百科辞典がくると出版関係になった。新婚の頃、毛布を売りにきた押売りを、

「うちの主人、繊維関係なのよ」

歌うような口振りで追い払い、奥にいた宅次を振り返って、目だけで笑ってみせた。面白い女と一緒になった、一生退屈しないだろうと宅次は思ったが、その通りだった。

嘘も方便という程度の他愛ない嘘をつくとき、歌うような声になるのを一緒に面白がっている分には、気働きはあるし情も濃い。宅次には過ぎた女房といえるだろう。その嘘にしても、つまりは宅次のためうちのため役に立つ頓智《とんち》の領分だった。

顔の幅だけ襖《ふすま》があいて、厚子が顔を出した。

二十年前と同じ笑い顔だった。指でつまんだような小さな鼻は、笑うと上を向いた。それでなくても離れている目は、ますます離れて、おどけてみえた。何かに似ている、と思ったが、思い出せなかった。病気のせいか、脳味噌のほうも半分分厚い半透明のビニールをかぶったようで焦《じ》れったくなる。

こういうとき、頭のなかの地虫は、じじ、じじ、と鳴くのである。

厚子は赤いクリーム・ソーダを飲んでいる。いい年をして、ストローをぶくぶく吹くものだ

から、アイスクリームのまざった赤く色のついたソーダ水は、白いあぶくが立っている。

厚子のくわえているストローは、縦にひび割れていたらしい。割れ目から、赤いソーダ水が溢《あふ》れてきた。

「よせ。吸うのはよせ」

今度血管から血が溢れたら、おれは一巻の終りだ。

叫ぼうとするのだが声が出ない、というところで揺り起された。

夢かうつつか。つなぎ目がはっきりしなくなっている。新婚の頃、デパートの食堂で、ソーダ水を飲んでいて、厚子のストローがひび割れて、いきなりソーダ水があふれてきたことがあったような気がするが、色は赤だったか青だったのか。

厚子は、いつの間に着替えたのか、よそゆきの着物を着て、布団のすぐ横に坐っていた。

「この間から、話してたあれ、出かけて来ますね」

あれと言われても、とっさには思い当らない。

高校のときの先生が、勲章をもらった。同窓会でお祝いを上げることになったので幹事だけでデパートへ下見にゆくというのだが、そんなはなしは初耳のような気がする。

「お三時はメロン冷えてるけど、帰ってからでいいでしょ」

厚子は、着やせのするたちだが、脚の太いのを気にして、気の張る外出はいつも和服である。

それはいいのだが、相手によって衿元が二段階に分かれていることに、宅次は前から気がついていた。

宅次や親戚の女たちと出かけるときは、格別胸元を取りつくろうことをしないが、よく見られたいときは、胸をぐっと押上げるような着付けをする。

細い夏蜜柑《なつみかん》の木に、よく生《な》ったものだと思うほど重たそうな夏蜜柑が実っているのがある。結婚した当座の厚子はそんな風だった。さすがに四十を越して夏蜜柑も幾分小さめになったようだが、ここ一番というときになると、厚子は上に持ち上げて、昔の夏蜜柑にするのである。

これから逢う相手は女ではないような気もするが、この病気の特徴は、ひがみっぽくなることだと書いてあった。気持を鎮めなくてはいけない。腹を立てないのが一番の薬と主治医の竹沢に言われている。

厚子のおろしたての白足袋が、弾むように縁側を小走りにゆくのを見ると、気がつかないうちに、おい、と呼びとめていた。

「なんじゃ」

わざと時代劇のことば使いで、ひょいとおどけて振り向いた厚子を見て、宅次は、あ、と声を立てそうになった。

なにかに似ていると思ったのは、かわうそだった。

デパートの屋上でかわうそを見たのは、何年前のことだったか。

昼休みにぶらりとのぞいた、子供のための小動物を集めたコーナーのプールに、二頭のかわうそがふざけていた。

どちらが牡《おす》でどちらが牝《めす》かわからなかったが、二頭ともじっとしているということがなかった。水に浮かんだ木の葉を魚にでも見たてているのか、わざと物々しく様子をつくってぶつかってゆく。

そうかと思うと、ポカンとした顔をして浮いている。ポカンとしている癖に、左右に離れた黒い小さな目は、油断なく動いているらしく、硬貨をじゃらつかせて餌の泥鰌《どじよう》入れに近寄る気配を見せると、二頭は先を争って、泥鰌の落ちてくる筒の下で、人間の手のような前肢《まえあし》をすり合せ、キイキイとにぎやかに騒ぎ立て催促する。

厚かましいが憎めない。ずるそうだが目の放せない愛嬌《あいきよう》があった。

ひとりでに体がはしゃいでしまい、生きて動いていることが面白くて嬉しくてたまらないというところは、厚子と同じだ。

一軒おいて隣りから、火が出たことがある。

幸い大事には到らなかったが、

「火事ですよお。火事ですよお」

寝巻で空《から》のバケツを叩き、隣り近所を起して廻っていた厚子は、そばで見ていて気がひけるほど楽しそうに見えた。

宅次の父の葬式のときもそうだった。

厚子は新調の喪服を着て、涙をこぼすというかたちではしゃいでいた。ほうっておくと、泣きながら、笑い出しそうな気がして、宅次は、

「おだつな」

とたしなめるところだった。

おだつ、というのは、宅次の田舎の仙台あたりで使うことばで、調子づく、といった意味である。


右手でふたつの胡桃《くるみ》を廻しながら、宅次は庭を見ていた。胡桃は、右手の麻痺の恢復《かいふく》にいいと聞いて、厚子が買ってきたものである。

左手で廻すと、ふたつの胡桃はカスタネットのような冴えた音を立ててぶつかるが、右手でやると、鈍い濁った病気の音がした。

宅次は、小机の前に坐って、ペンを握ってみた。足がしびれて立てないときのもどかしさ、

熱い新湯《さらゆ》に入ったときの刺すような痛みが妙な具合にまざって、自分の手ではなかった。いつになったら字が書けるのか。宅次は先のことは考えまいと思っている。考え出すと、首すじのうしろで、地虫がじじ、じじ、と鳴きはじめる。

ひとりで眺める庭は慰めにならなかった。

志を得ない勤めの鬱憤《うつぷん》を胸に仕舞って、うしろに厚子がいてなんやかやと半畳を入れながら眺めるから、よかったのである。

学校の休み時間と同じであろう。

勉強のあい間に、五分かそこらだから、仲間がいるからボール遊びも面白いのだ。一日中遊んでよろしいといわれ、ボールをあてがわれても、たったひとりでは、ただのゴムの球体に過ぎない。

厚子を気ぜわしいと思うこともないではないが、やはり、このうちにかわうそは一頭いたほうがいい。

電話が鳴った。

畳をいざって、受話器をとった。左手でつかみ左の耳にあてるしぐさがやっと身についてきた。以前は右で聞いていたのだが、いま右の耳には目に見えない羽虫が飛んでいることがある。

電話の声は今里だった。

大学時代からの友達で、かれこれ四十年のつきあいになる。宅次が倒れたとき、厚子に一番先に電話をかけさせたのも今里だった。

「言いたいことあったら、おれ、代りに言ってやるぞ」

もともと時候の挨拶などするつきあいではないが、それにしても唐突だった。

「お前、本当にいいのか」

ひと呼吸あって、

「それだけは、嫌だっていってたからさ。本当にいいのかと思ってね。まあ、こうなったら、仕方ないよなあ」

一体、なんのはなしだと問いつめると、今度は今里がうろたえた。

「お前、知らないのか」

厚子の発案で、宅次の今後のことを相談する集りにこれから出かけるところだという。メンバーは、次長の坪井、マキノ不動産と近所の銀行の支店長代理、主治医の竹沢、それに今里だという。

厚子は庭をつぶしてマンションを建て、借入れした銀行に管理してもらって、若手行員たちの社宅にしたいと考えているらしい。

宅次は、頭のなかが、ふくれ上ってゆくのが判った。五人の男たちに囲まれている厚子が見えて来た。

高く盛り上げた夏蜜柑の胸を突き出し、黒光りする目を躍らせて、健気《けなげ》な妻の役を生き生きと演じているに違いない。

それにしても五人は多過ぎる。次長の坪井が何の役に立つというのだ。

学生時代に見た一枚の絵が不意に浮かんで来た。


あれは梅原だったか劉生《りゅうせい》だったか。白く濁ったビニール袋をかぶった脳味噌では思い出せないが、構図は覚えている。

かなり大きい油絵で、画面いっぱいに旧式の牛乳瓶《びん》、花、茶碗、ミルクポット、食べかけの果物、パンの切れっぱし、首をしめられてぐったりした鳥が、卓上せましとならんでいた。

題は「獺祭図《だっさいず》」である。

宅次は、この字が読めず意味も判らなかった。

うちに帰り辞書をひいて、やっとわかったのだが、これはかわうそのお祭りだという。

かわうそは、いたずら好きである。食べるためでなく、ただ獲物をとる面白さだけで沢山の魚を殺すことがある。

殺した魚をならべて、たのしむ習性があるというので、数多くのものをならべて見せることを獺祭図というらしい。

火事も葬式も、夫の病気も、厚子にとっては、体のはしゃぐお祭りなのである。

宅次は、牛乳瓶のうしろで死んでいる鳥が見えて来た。鳥は目をあいて死んでいたが、あの子は目をつぶっていた。

星江は、三つで死んだ宅次のひとり娘だった。

朝、出がけに、宅次は星江のおでこに自分の額をくっつけ、熱があるぞ、竹沢先生に往診を頼めよ、と声をかけて出張に出かけた。

三日後、出張先に電話がかかり、急性肺炎で危篤だという。仕事もそこそこに帰京した時、星江の顔には白い布がかかっていた。

厚子は、あの日竹沢医院に電話をしたが、取次の手違いで往診が次の日になったと泣いていた。竹沢医師も、新入りの見習い看護婦の手落ちということで、宅次に頭を下げた。宅次の父が、人を責めても死んだ人間は帰らないよ、と間に入り、ことを納めたのである。

死児の齢《よわい》をかぞえながら、忘れるともなく忘れていた頃、宅次は駅で、結婚のため田舎へ帰るその看護婦に逢った。

ためらいながら、宅次の横に立ち、

「黙って帰るつもりだったんですけど」

口ごもるオールドミス、といった感じの女を、はじめは誰か判らなかった。

「あの日、電話はなかったんですよ」

厚子が往診をたのんだのは次の日だったという。前の日、厚子はクラス会だった。

宅次は、その夜、したたかに酒をのんだ。

玄関のガラス戸をあけるなり、厚子の頰を思い切り殴ってやる。そう思って帰ってきた。

宅次は殴らなかった。

なぜだったのか。思い出そうとすると、頭のうしろが、じじ、じじと鳴る。この女を殴らないほうがいい、とどこかで思ったから、黙って玄関へ入り、酒の勢いで眠ったのだろう。


庭にうすい墨がかかってきた。松も楓《かえで》も五輪も、もうどっちでもよかった。

この時間が一番頭が重たくなる。いずれはみんな無くなって、モルタルの安手な四角い家が立ちふさがるのだ。

厚子の声が聞えてきた。

宅次の具合をたずねる隣りの奥さんに、何かしゃべっている。歌うような声で、明日のお天気を話すように宅次の血圧のはなしをしている。

宅次は立ち上った。

障子につかまりながら、台所へゆき、気がついたら庖丁を握っていた。刺したいのは自分の胸なのか、厚子の夏蜜柑の胸なのか判らなかった。

「凄いじゃないの」

厚子だった。

「庖丁持てるようになったのねえ。もう一息だわ」

屈託のない声だった。左右に離れた西瓜の種子みたいな、黒い小さな目が躍っていた。

「メロン、食べようと思ってさ」

宅次は、庖丁を流しに落すように置くと、ぎくしゃくした足どりで、縁側のほうへ歩いていった。首のうしろで地虫がさわいでいる。

「メロンねえ、銀行からのと、マキノからのと、どっちにします」

返事は出来なかった。

写真機のシャッターがおりるように、庭が急に闇になった。

だらだら坂

マンションの扉を叩くのは、とんとんとふたつずつ三回と決めてあった。表札は庄治の言いつけで出してない。

いつもの通りノックをすると、蒲鉾板《かまぼこいた》ほどの覗き窓の布がガラスの向う側からめくれて、トミ子の目が覗くのである。

馴染《なじ》んでかれこれ一年になるが、何度見ても細い目だなと思う。目というよりあかぎれである。笑うとあかぎれが口をあいたようになった。

覗き窓からトミ子が笑いかけるようになったのは、この半年である。

「俺がくるのが嫌なのか」

庄治が聞くと、トミ子はゆっくりと首を振った。

「嫌でないのなら、すこしは笑ったらどうなんだ」

と言われて、その次から笑うようになったのである。

口も重いが動作も重いトミ子は、笑い方もぎごちなかった。見映えのしない平べったい目鼻立ちは、笑うことを億劫《おつくう》がっているように見えた。

ドアをあけて庄治を迎え入れると、大木が倒れるように黙って汗ばんだ体をもたせかけてくる。これも庄治が教えたのである。それまではただ困った顔で突っ立っているだけだった。はたちという若さと、色が白いだけが取柄のずどんとした大柄な体である。パーマをかけるな、化粧をするなという庄治の言いつけを守っている。

体をもたせかけながら、トミ子は握っていた掌を開けてみせた。ピンポン玉がひとつ乗っかっている。

ああ、と庄治は気がついた。

先週は一回しか来られなかったから、ちょうど一週間前の今日である。入ってすぐ、畳にあぐらをかいて冷たい麦茶を飲みながら、このマンションは曲っているんじゃないかと言った。ゆるやかな坂だが、坂の途中に建っているせいか、部屋が傾《かし》いでいるような気がする。前から気になっていたのだが、なにか転がしてみる丸いものはないか、と言ったのを、トミ子は覚えていたのである。

「買ったのかい」

といらと、

「百二十円」

高くて済みません、と取れる言い方で、畳の上に置いた。

ピンポン玉は転がりもせず、六畳のまんなかに停っていた。西陽《にしび》を受けて白く光っているピンポン玉は、そのままトミ子であった。

言われなければなにもしないが、言われただけのことはする女なのだ。そこが気に入ってこうなったのである。

庄治はちょうど五十である。


トミ子のマンションへ通うのは週に二回だったが、庄治はいつも坂の下でタクシーを降りた。一方通行になっていたからだが、通れたとしてもそうしていたに違いない。そこから先へゆくとメーターが上るのである。

中小企業にしろ社長という名刺を持ち、運転手つきの車を持つ身分になっても、庄治はタクシーに乗るとメーターが気になる性分だった。目的地が近くなり、そろそろカシャッという音がするな、と思うと、ひとりでに腰が浮いて、

「この辺でいいや」

車を停めさせ、あとはせかせか歩くのである。

鼠というあだ名も、これでは仕方がないなと自分を嗤《わら》いたい気分になることもあった。いつもはせかせか歩く庄治だが、トミ子の部屋へゆくときだけは別だった。タクシーを降りると、角の煙草屋で煙草をひとつ買う。それからゆっくりと坂を登るのである。坂はゆるやかな勾配だから、いつもの急ぎ足で登っても骨ではないのだが、庄治はゆっくり登りたかった。

マンションに女を囲っている。マンションといったところで六畳、四畳半の中古だし、女も大威張りで御座《おざ》に出せる代物ではないが、そういう身分になれた、というだけで弾むものがあった。男の花道という言葉がちらちらした。花道は、ゆっくりと歩いたほうがいい。

このあたりは、もとは麻布と呼ばれた屋敷町である。坂の両脇には、昔ながらの古びた家をいたわりながら住んでいたり、思い切って建て替えたりの違いはあるにしろ、庭つきのかなりいい家がならんでいた。

石塀に蔦《つた》のからんでいるうちがある。白木蓮、藤、山吹、百日紅《さるすべり》。庄治は生垣の間から、庭をのぞき込みながら、ゆっくりと歩いた。沈丁花《じんちょうげ》の匂いも、久しぶりに嗅いだ気がした。この坂は庄治の四季であった。

そういえば、トミ子のためにこのマンションを見つけたのは、去年の桜の頃である。あの頃、坂いっぱいに花吹雪を散らしていた、坂の中程のうちにある桜は、いまは桜だったことが嘘みたいな濃い緑の大木になって道に影をつくっている。

トミ子は、庄治の会社の女子事務員として試験を受けに来た一人である。算盤《そろばん》が出来るのと字が上手なので面接まで残ったのだが、結果は一番先に落されたのがトミ子だった。

「こりゃどうしようもないや」

トミ子がお辞儀をして出てゆくかゆかないうちに人事担当の男が声を上げた。

「でか過ぎるよ」

男としては小柄な、社長の庄治の機嫌を取る声音だった。

「ありゃ鈍いな。足首見りゃ判るよ」

経理部長も、採点表にバツ印を書きながら調子を合せた。

「目ン無い千鳥の高島田」

人事担当が歌い出し、「占いなあ」とまぜっかえしながら一同が笑った。

その通りであった。

大き過ぎ肥り過ぎていた。目が細いせいか表情が無く陰気にみえた。服装も野暮ったく、受け答えも鈍重だった。高校の成績も中の下だったたし、碌な係累もなかった。

「いまどきの女の子にも、こういうのが居るんだなあ」

と言いながら、庄治も皆と同じようにバツ印をつけた。つけながら、門脇トミ子という名前と連絡先をそっとメモしていた。手がひとりでに動いたという感じだった。


トミ子は北海道積丹《しゃこたん》半島の生れである。

重い口がほぐれ、ぽつんぽつんと生いたちをしゃべるようになったのは、随分あとのことだが、肉といえば馬肉のことで、子供の時分、牛肉はあまり食べたことがなかったという。

どういうわけかトミ子の村だけが、食品を包むラップフィルムの普及から取り残されてしまった。葬式のため東京の出稼ぎから帰った男たちが、煮しめを冷蔵庫に仕舞うとき、ああいう便利なものがどうしてここには無いのか、と言い出し説明するのだが、一同見たこともないので、さっぱり見当がつかなかった、というはなしに笑ったりした。

着ているものを脱ぐと、トミ子の白い体は更にひと廻り大きく思えた。

庄治は自分があだ名の通り鼠になって、白いピカピカ光った大きな鏡餅によじのぼって遊んでいるような気がした。

「ばあちゃんかひいばあちゃんが、ロシヤの男と間違いでもしたんじゃないのか」

半分は本気でたずねると、トミ子はさあ、と首をかしげる格好になった。こういうときでも、細い目は、怒っているのか笑っているのか、はっきり読みとれなかった。

目といえば、はじめてホテルで庄治の言うことを聞いたあと、トミ子は涙をこぼした。小さなドブから水が溢《あふ》れるように、ジワジワビショビショと涙が溢れた。あかぎれみたいな目からは、絵に描いたような涙の雫《しずく》はこぼれない仕掛けになっているらしい。

トミ子は気が利《き》かない代り、先をくぐって気を廻すことをしないから、気の休まるところがあった。

この部屋では、いい格好もしなくて済んだし、体裁をつくることもいらなかった。

風呂からあがり、腰に湯上りタオルを巻いただけで畳にあぐらをかき、枝豆と冷奴でビールを飲めた。そのへんの惣菜屋で買ってきた薄い豚カツにソースをじゃぶじゃぶかけて食べ、夕刊を三面記事から先に読んでもかまわなかった。

ピーテーエーだのダンスパーテエと発音すると、馬鹿にした顔をする息子や娘もいなかった。

庄治は電気通信学校卒の叩き上げである。

お茶だ料理だと稽古事に血道を上げ、そっちで知り合った友達から電話がかかると、気取った調子で長話している女房の声も聞かなくて済む。

庄治はトミ子のつつましいところが気に入っていた。余分な電気をつけておくのを勿体《もったい》ながり、夕方は、かなり手許が暗くなるまでスイッチをひねらなかった。

甘いと保証されて買った西瓜《すいか》が水っぽかったといって、庄治から食べかけを取り上げ、坂の下の八百屋まで交渉に出かけ、新しいのと取り替えて来たりする。

「甘くなかったんだけど」

ポツンとひとこと言い、あのはっきりしない細い目でじっと相手を見て立っていたのだろうと思うと庄治はおかしくなり、だんだんと積丹半島というところが好きになって来た。三日か四日、閑をつくって、トミ子と一緒に北海道を歩いたら面白かろうと思うようになった。

ひとつだけ揉《も》めたのは、トミ子が隣りの女のやっている店の伝票整理を手伝っているのが判ったときである。

梅沢というその女は、庄治も顔を知っていた。近所のバーのやとわれマダムをしているというう三十五、六のちょっといい女である。坂の途中で出逢うこともあったし、マンションの前でゴミを捨てているときに心得顔で会釈《えしやく》されたこともある。西洋人みたいに整った目鼻立ちで、昔は絶対になかった顔である。

トミ子には、隣り近所とはつきあうな、と言ってあるのだが、隣りの梅沢とはガス湯沸器の使い方を教えてもらったりで口を利くようになったらしい。

算盤が出来るというので、帳簿整理を頼まれたというのだが、庄治が、要るだけは渡してある筈だ、というと、トミ子は、お金じゃないの、と言った。

「なにもすることないから」

こういうとき、トミ子の白い大きな体は妙な威圧感があった。


取引と遊びを兼ねて、庄治がバンコクからシンガポールへ飛び、十日ほど日本を留守にしたのは、夏の盛りのことである。

褐色の肌をした、骨の細いしなやかな腰をした女たちを選ぶ機会は何度かあったが、結局庄治は何もしないで帰って来た。

山も水も人も、すべてチョコレート色の国にいると、東京のマンションにいるトミ子の白い大きな塊が懐しかった。

西陽のさし込む赤く灼けた畳の上で、裸で冷奴や枝豆が食べたかった。庄治は予定を一日早く繰り上げて帰って来た。

トミ子と朝まで一緒に居たことは一度もなかったが、今晩はそうしてやろう。ケチなものだが、サファイアの土産もある。

電話をかけずにいきなりノックしておどかしてやろう。トミ子の奴、覗き窓からどんな目をして見るだろう、と思うと、年甲斐《としがい》もなく弾むものがあった。

いつもの通り、坂の下でタクシーを降り、煙草屋で煙草をひとつ買った。煙草の買い置きはトミ子の部屋にもあるのだが、いつもの癖で、車を降りると煙草屋のガラス戸をコツコツと叩いていた。これが庄治の遊蕩の、芝居の幕あきの柝《き》なのである。

いつもは釣銭の用意のいいうちなのだが、この日は珍しく小さいのを切らしていて、店番の老婆が奥へ取りに入っていった。店の奥に小さな鏡があって、待っている庄治の顔がうつっている。

死んだ父親にそっくりである。

年をとると枯れて萎《しぼ》む血筋らしく、また一段と鼠に似て来た。まあいいさ。鼠だって血沸き肉躍るときがあるんだ。

あれは庄治が小学校五年生のときだった。

叩き大工をしていた父親に連れられて、崔承喜《さいしょうき》という朝鮮の舞姫の踊りを見にいったことがあった。

どうして、父がそんな切符を持っていたのか、誰かに貰ったのか。そんなことより覚えているのは、末の妹をみごもっておなかが大きかった母親が、キャラメルを買って、学生服のポケットに入れてくれたことである。大きな朝鮮の太鼓を叩きながら舞台いっぱいに踊る崔承喜の姿である。

見馴れない色の民族衣裳をひるがえし、白い大柄な肌が汗で光っていた。自ら打つ太鼓のリズムは狂ったように激しくなり、狂ったように踊る人は、庄治の目には何もまとっていないように見えた。踊り終って、ガックリと打ち伏すように倒れると、満員の公会堂が震えるような拍手が起った。

庄治は、隣りの父親が誰よりも激しく手を叩いているのにびっくりした。日頃は気性の強い母親に言い負かされ、道楽といえば縁台将棋の父親である。体を前に乗り出し、口を半分あけて手を叩き続ける父の横顔は、始めて見る男の顔であった。このことは母親には言わないほうがいい。子供心にもそのくらいの見当はついた。

鏡にうつっているのは、十日振りに、娘ほど年の違う女に逢いにゆく顔である。それはあのときの父の顔である。崔承喜も、ずどんとした白い大きな体をしていたような気がする。

いつもの通り、庄治はノックをしたが、どういうわけか蒲鉾板の覗き窓は開かなかった。留守の筈はない。ノックをする前に、中から水洗便所の水音が聞えたばかりである。庄治はもう一度叩いたが、中からは物音もしない。物音はしないが、居るのは気配で判る。一体どうしたというのだ。こんなことは今までになかったことである。

隣りのドアが開いて、マダムの梅沢が顔を出した。濃く化粧した顔がこわばり、何か言いかけて、言葉を探しているという風だった。

トミ子に男がいた。

この女はそれを知っている。

「トミ子！　トミ子！」

とんとんとふたつずつ三回どころではなかった。庄治は大きな声でどなり、滅茶苦茶にドアを叩いた。

覗き窓が向う側から開いた。

覗いたのは、トミ子の目ではなく、濃いサングラスであった。

男はやくざか。ドキンとしたが、それは庄治の早とちりであった。男どころか、誰もいなかった。トミ子がサングラスをかけていたのである。

トミ子の両眼は村芝居で見たお岩様のように赤く腫れ上っていた。庄治がバンコクに発った日に、二重まぶたの整形手術を受けたのだという。世話をしたのは、隣りのマダムだった。

「どうして、俺に黙ってそういう真似をしたんだ」

庄治は、トミ子を小突いていた。

そのはずみか、置時計のうしろにでも置いてあったのか、ピンポン玉が棚からふわりと泳ぎ出してきた。ピンポン玉は畳の上で二つ三つ小さく弾んでから、ゆっくりと部屋の隅に転がってとまった。

俺はその目が好きだったんだ。おふくろの手に出来ていたあかぎれみたいな目。笑うとあかぎれが口をあいたようになる目。泣くと、ドブから水が溢れるように、形のはっきりしない涙が、ジワジワビショビショとにじむ目がよかったんだ。

トミ子は黒い眼鏡をかけて坐っていた。黒い眼鏡はあかぎれの目よりも、もっと何を考えているか判らなかった。

ムームーを着たトミ子の背中は、西陽を受けて白くてピカピカしていた。指先にうす赤いマニキュアがあった。気のせいか、手首が前より細く締って来たような気がする。

結局、トミ子はひとことも謝らなかった。


十日ほどして目のまわりの腫れが引くと、トミ子の目は隣りのマダムと似た形になった。もともとの造作が違うのだから、全く同じというわけにはいかないが、同じ医師が手術すると、こういうことが多いらしい。

トミ子は、口数が多くなった。

顔にも体にも表情が多くなった。毎日すこしずつ、自信がついてゆくようであった。

その分だけ、というわけでもないが、庄治は、疲れ易くなった。

今まで大儀だと思ったこともないゆるやかな坂を登るのが億劫になった。タクシーの運転手に、廻り道をして坂の上までやって欲しいと頼んでいた。

僅か七十円かそこらを惜しむわけでもないのに、どうして今まで気がつかなかったのだろう。だらだら坂は、自分でも気がつかないうちに爪先が先に降りてゆく。下から上ってゆくときの、馴染んだ家や庭ではない、はじめて見る表札や垣根である。

トミ子はノックしても出てこないかも知れない。この次は鼻を直し、頬を直し、だんだんと隣りのマダムそっくりになる。白くこんもりと盛り上ったずどんとした体は、足首がくびれ、胴がくびれてくる。

大きな鏡餅の上で、安らいでいたと思っていたが、気がついたら、鏡餅はテカテカした白い裸のマヌカン人形になっているのだ。

惜しいという気持半分、ほっとしたという気持半分が正直なところだった。

大した坂ではないと思っていたが、それでもこのあたりは高台になっているらしく、目の下に商店街がひろがってみえる。屋根もガラス窓も看板も、みな蜜柑《みかん》色に輝いていた。

夕焼けであった。

ちょうど一年、この坂を上り下りしながら、上りは陽に背を向け、帰りは闇になっていた。言いわけを考えながら帰ることもあって、下の町を、夕焼けの町を見たことがなかった。

トミ子のマンションに寄らず、このままだらだらと坂を下り、下の煙草屋で煙草を買って、タクシーを拾ってうちへ帰ろうか。庄治は坂の途中で立ち止り、指先でポケットの小銭を探した。

はめ殺し窓

家にも貌《かお》があり年とともに老けるものだということを、江口は知らなかった。気がついたのは、この秋の臨時異動で閑な部署に廻されてからである。

ほとんど連日だった夜のつきあいが急に無くなり、暮れ切れない夕方の光のなかで自分の家を見ることが出来るようになった。

家はくたびれていた。

鉄平石《てっぺいせき》の門もモルタルの壁も、白く粉《こ》を吹いていた。能筆が自慢の重役が贈ってくれた大きな表札は、雨風に晒《さら》されささくれて、履《は》き古しの下駄に見えた。

この家を手に入れた十五年前は江口を気に入り引き立ててくれたが、使うだけ使うと、それこそ弊履《へいり》のように閑職に廻したのである。

五十坪の借地に二十五坪の上物《うわもの》という小ぢんまりした住まいには不似合な、立派過ぎる表札に応えるために、江口は無理をして門の横に松を植えたが、その松も緑より茶色の枯れが目立ってきている。

仕事が盛んなときは、朝はそれこそ鉄砲玉のように飛び出し、夜は送りのハイヤーで門まで横付けだったし、日曜はゴルフかくたびれて寝ているかのどちらかだったから、自分の家をしげしげと眺めることはなかった。家の貌はそのまま江口のくたびれた貌に違いなかった。

門の横の郵便受に夕刊が差し込まれたままになっている。前はこうではなかった。

女房の美津子は、気の利《き》くほうではなかったが、こういうことはまめで、夕刊がくるとすぐ取りに出た。食卓のそばに老眼鏡を副《そ》えて置いてあった。

会社だけでなく、家でまで下に見られているようで腹が立つ。手荒いしぐさで夕刊を引き抜こうとして、ふと二階の窓に気がついた。

はめ殺しになった小さいガラス窓から、母親のタカが覗いている。一瞬そう思ったが、五年前に死んだタカである筈はなく、よそへかたづいた一人娘の律子であった。

帰って来た父親を見つけ、おどけて挙手の礼をしている。いささかだらしのない敬礼である。

江口は終戦直後、進駐軍とふざけながらアメリカ式の敬礼をしていたパンパンと呼ばれる女たちを見たことがあるのを思い出した。

似ている。

ぼんやりした薄い眉も、涙ぐんでいるような目も、涙堂《るいどう》と呼ばれる目の下の豊かなふくらみも、小さく「あ」と言っているような唇も、すべてそっくりである。これで束髪にしたら若いときのタカに生き写しである。

一番似て欲しくない人間に、ますます似て来た。玄関へ入りながら、江口は嫌な予感がした。律子はタカと同じことをしたのではないのか。それで実家へ戻って来たのではないのか。

「蚤《のみ》の夫婦」

中学の入学祝いに字引きを買ってもらったとき、江口はこのことばを引いた覚えがある。雄の蚤は雌より体が小さいと書いてあるのをたしかめ、やっぱり本当なんだなあと感心して、それから妙に気落ちしてしまった。

両親がこう呼ばれていたのを、子供のときから耳にしていたからである。

父親は瘠《や》せて貧相だった。

母親のタカは、高く結い上げた束髪の分だけ背があり、たっぷりしていた。

ふたりの婚礼の写真は嫌な色に変色して残っているが、口の悪い親戚が、「荒神帚《こうじんぼうき》と米俵」と言って笑ったそうだ。

裾の開いた皺《しわ》だらけの袴をはいて頼りなげに立っている父は、白無垢に角かくしの花嫁に寄りかかっているようにみえる。

竈《へっつい》を浄める荒神帚は、いつも台所の隅の柱にぶら下って、戸のあけ立てのたびに所在なげに揺れていた。

父親は弱虫だった。

出掛けたとき、大きい荷物を持つのは母親のタカだった。夜に入って、風が出て寒くなったりすると、タカは自分の衿巻をはずして、夫の首に巻いていた。

父親は夏は必ず腹をこわし、冬はいつも風邪をひいていた。勤めから帰ると、寝る前に吸入をした。こたつの上に吸入器をのせる。いきなり熱い湯気が出るとおっかないというので、先に母が口をあけ、湯気の熱さをたしかめてから、父親の首のまわりに湯上りタオルを巻き用意を整える。大きく口をあき、湯気を吸い込んでいる父の口のまわりは、蒸気の白い露がくっついて、貧相な顔はますます情けなく見えた。

父親は寒がりで、母のタカは暑がりであった。冬でもタカは、足がほてると言って布団から足の先を出して眠っていた。

夜中に水を飲みに台所へゆくと、翌朝の味噌汁に使う浅蜊《あさり》が桶の中で鳴いていた。貝を少し開いて、あれはどこの部分なのだろう、白い管の先を覗かせているのがあった。茶色の布団からのぞいたタカの足は、あれに似ていた。物音におどろくのか、ピュッと水を吐くのもあった。

砂を吐かせるのに金気《かなけ》がいいのか、錆《さ》びた出刃庖丁が水の中に突っ込まれていることもあった。水の中の貝も出刃庖丁も、布団から出ている母の足も、いつも江口はドキンとしながら見ていた。

父はその反対で、ラクダの股引《ももひ》きをはいたまま眠っていることが多かった。

母はよく水を飲んだ。生水が好きで、大きなコップに溢《あふ》れるほどのを、咽喉をのけぞらせて音を立てて飲んでいた。

父は生水は腹下しをするといって、湯ざましを作らせ、猪口《ちょこ》のように小さな湯呑みで飲んでいた。それも滅多に飲まなかった。

母はいつも髪の生えぎわに汗を掻いていたが、父は寝汗ぐらいしか汗を掻かなかった。

江口は子供心に、どうしてこんなに違うのが夫婦になったのだろうと思ったことがある。

「いろいろ混ぜたほうがいいんだろ」

タカは笑いながら、

「混ぜないと、丈夫な子が生れないからね」

と言ったが、あれは母と一緒に足利へ行った前だったのかあとだったのだろうか。

足利は、タカの実家である。タカは大きな紺屋《こうや》の娘だった。

「健一は一緒じゃないのか」

律子の靴の隣りに、当然孫の健一の小さな靴があるとばかり思っていたが、靴は一足だった。

出迎えに出た女房の美津子は、小さく首を振り、指を一本立ててみせた。

「律子ひとりですよ」

ということらしい。

もともと口数の多いほうではないが、固い感じの首の振り方といい、二階に気を兼ねたしぐさといい、やっぱり、という気がする。

「なんかあったのか」

美津子は、また指を唇へ当てた。

「あとで」

追いかけるように、

「あなたからは何も言わないで下さいな」

囁《ささや》いたところへ、足音も賑やかに律子が二階から下りてきた。

「真面目に早く帰ってくるじゃないの」

「庶務に移ってからは毎日こうよ。ねえ」

勤めたことのない女は残酷である。一番言ってもらいたくないことを、はっきりと口に出す。

「じゃあ、暮に風呂敷持って来ても駄目かな」

営業部長をしていた頃、床の間が山になるほど来ていたお歳暮のことを言っているのである。

「今年からは紙袋だな」

冗談でごまかしながら、江口は茶の間の隅に、見覚えのある律子のボストン・バッグが置いてあるのを見つけた。やはり泊るつもりで来ているのだ。

女二人は台所へ入って、喋りながら支度をしている。

あのときは、たしか籐《とう》で編んだ大きなバスケットだった。

木枯しのきつい冬の晩がただった。大きな籐のバスケットを持ち、臙脂《えんじ》のビロードのショールで顔をかくすようにしたタカに手を引かれて、江口は汽車だか電車に乗っている。足利へ向ったのだから東武電車かも知れない。

乗りものは好きだったから、いつものように座席に坐って外を眺めたのだが、窓の外は真暗で何も見えなかった。

「どうしてお父さんはいかないの」

江口は五つか六つだったが、こう聞いてはいけないと判っていた。

トクさんのせいだ、ということも見当がついた。

トクさんというのは、父の会社の給仕である。苦学生で、夜学へ通っていたらしい。無口だが大柄な男で、角力《すもう》をとらせたら会社で敵《かな》うものはないということだった。腕っぷしの強さを買われて、大掃除や庭掃除、棚吊りや煙突掃除というとうちへやって来て、タカの手伝いをさせられていた。

時分どきになると、縁側に腰かけて、大きなアルミニュウムの弁当箱をひろげていた。うしろで茶をついでいた母のタカが、ひょいと手を出し、トクさんの弁当のお菜《かず》をつまんで口に入れたのを見たことがある。妙にドキンとした。

これも同じ頃だと思うが、江口はお座敷ブランコというのを持っていた。

籐と木で出来た箱のようになったブランコで、鴨居にぶら下げて使う子供用である。

両脇と背もたれのところに、赤い花柄の人絹が貼ってあった。女の子みたいで嫌だったが、父親に似てなにかというと風邪を引く江口は、滅多に外へ出してもらえなかった。ブランコはよくトクさんが揺らしてくれていた。トクさんだと、父や母よりも大きく強く揺するので、幼い江口は気に入っていた。

トクさんが来ているのに、ブランコを揺すってくれないことがあった。何をしているのか、トクさんは母と一緒に奥の座敷に入ってしまい、江口は茶の間にポツンと取り残されていた。

ブランコがとまっても出てこない。

江口はブランコを下りて、ひとりで揺すった。赤い人絹の花柄の箱だけが、くすんだ座敷のなかで、揺れていた。

母に手を引かれて足利へ行ったのは、すぐそのあとだったような気がする。

足利で江口は疫痢《えきり》になった。

紺屋の布団は、敷きも掛けも、ねずみ色や紺の色見本をつなぎ合わせた不思議な代物だった。

夜中に目がさめたら、東京から父が駆けつけたところだった。父はいきなり躍り上るようにして母の頬を殴った。

次に目を覚ましたのも、やはり夜中だったような気がする。父は母の前で畳に手をついて頭を下げていた。

それからあとのことは記憶にないのだが、覚えているのは給仕のトクさんが、それっきり姿を見せなくなったことである。


江口が見合いで美津子を決めたのは、母のタカと正反対だったからである。

「なんだか牛蒡《ごぼう》みたいなひとだねえ」

見合いの帰りに、タカはそう言って、馬鹿にした笑い方をした。

白くて大きくてしっとりしているタカにくらべれば、たしかに牛蒡だった。芯まで黒そうで、痩《や》せていた。自分は魅力がない女だ、とひけ目を持っているらしいところが気に入った。一緒に暮して面白味はないが、少くともこの女はオレを裏切ることだけはないだろう。美貌の妻を自慢しながら、一生嫉妬に苦しんだ父親の二の舞いはしたくなかった。美津子は、「綺麗な奥さん」と呼ばれたことはなかったが、「地味な奥さん」「しっかりした奥さん」と言われた。江口は満足だった。

二年目に女の子が生れた。律子である。

「おばあちゃん似ですね」

と言われて、江口はあわてた。

隔世遺伝というのは本当らしい。

色が白く肥《ふと》り肉《じし》のところも、すぐ水を欲しがり汗っかきなところも、タカにそっくりだった。

あれは律子が三つのときだったろうか。

湯上りの江口が茶の間に入ってゆくと、律子がテレビに顔をくっつけている。

「そんなもの、なめるんじゃない」

言いかけてドキンとした。

律子は画面にうつった男の俳優にキスをしていたのだ。

気がついたら、律子は畳に転がり激しい泣き声を立てていた。驚いて止めに入った美津子を突き飛ばして、江口はもう二つ三つ殴りつけた。

美津子に、母親の恥を話したのは、その晩だったような気がする。

年頃になって、律子はますますタカに似て来た。「綺麗なお嬢さん」と呼ばれるたびに、江口は嬉しさと苦さを半分ずつ味わった。律子の化粧の濃いとき、派手な色の服をつくったとき、男友達から電話があったとき、江口は露骨にムッとした顔になった。

成人式のすぐあと、律子の結婚が決ったとき、一番ほっとしたのは母親の美津子より江口だった。婿がかなりの美丈夫だったことも安心の原因だった。これなら大丈夫だ。

タカが死んだのは、結婚式の日取りが決った頃である。


あっけない死にかただった。

七年ばかり前に寝たり起きたりだった夫を見送り、タカは後家になっていたが、年より十は若くみえ、元気だった。

買物に出た帰りにバスに乗り、終点についても動かないので車掌が揺り起したときは、息がなかった。心臓麻痺だった。

買物袋のなかに、デパートの包装紙に包んだネクタイが一本入っていた。

誰に贈るつもりだったのか。通夜の席でそのはなしが出た。

「律子のお婿さんにプレゼントするつもりだったんじゃないの。おばあちゃん、若くていい男が好きだったから」

美津子が言い、居合わせた一同もそんなとこだろうと言いあったが、江口はそうではないと思った。

タカは、いつでもトクさんが、トクさんのような男がいないといられなかったのではないか。あれはたしかトクさんが顔を出さなくなってからのことだと思うが、江口はタカが二階の窓から外を見ているのに気がついた。

梯子段の上にあるはめ殺しになった小さいガラス窓に、体をおっつけるようにして、タカは長いこと立っていた。そこから覗くと、すぐ前の高等学校の運動場が見えるのである。

タカは、高等学校の生徒が体操でもするところを覗いていたのではないか。上半身裸で体操をしているのを江口も見たことがあった。

父親が屋根から落ちて怪我をしたのはそのあとである。父は腰骨をいため長いこと会社を休んでいたが、あれは、はめ殺しになったガラス窓の外側に、目かくしでもつけに屋根にのぼったためではないだろうか。

父親も、タカの煙ったような眉の下の、まばたきをすると涙のこぼれそうなうるんだ目と、「ああ」と言っているような唇の形を、窓の向う側から見ていたに違いない。

打った父親の腰は冬になると必ず痛み、ますますじじむさくなった。

そんな光景が頭をよぎったこともあって、タカが持っていた、贈り先不明のネクタイは、形見にとっておいてあなたが使えばいいじゃありませんか、という美津子の意見を押し切って、母の棺に納め一緒に灰にした。

夕食は、いつもより皿数は賑やかだったが、江口の気持は弾まなかった。

わだかまるものがあり、口を封じられていることもあるが、女房の美津子はそれを知っていて、わざと取りとめのないはなしをしている。そのことが面白くなかった。

自分だけ知っている。それがささやかな母親の幸福であるらしい。ちょっとした秘密めかした目まぜや、わざと選んでいるらしい明るい話題も、江口の癇《かん》にさわった。

いずれ判ることなら、勿体《もったい》ぶらずに言ったらどうだ。およその見当はついているんだ。そう言いたい気持を押えて夕食を終えた。

食後の果物をむきかけて、美津子は急に胸を押え前かがみになった。胆石の持病があったから、大あわてにあわてることはなかったが、雨も降り出したことではあり、医師の往診はむつかしいのではないかと案じられた。

ところが美津子は、体を海老のように曲げながら、かかりつけの医院の電話番号を言い、

「若先生にわたしからと言えば来てくださるから」

と言う。

若先生といっても、四十は過ぎていたが、ゴルフ灼けした恰幅のいい男だった。

車からおりて、傘をささずに小走りで玄関に飛び込むと、案内も待たずに美津子の横になっている座敷へ大股に歩いていった。

何度も来てよく知っているという足のさばきであり速さだった。

診察で胸をひろげている間は、江口も律子も隣りの茶の間で坐っていた。痛みの説明をする美津子の声音に、江口は今まで聞いたことのない湿りと甘さを感じた。

襖《ふすま》をあけて隣りの部屋へ入ってゆきたいという小さな衝動を押えた。


その夜、江口はもうひとつ裏切られた。

台所で水を飲んでいた律子が、やはり水を飲みに来た江口に、

「お父さんにも言っちゃおうかな」

律子は、娘時代にもそうしたように、コップを水ですすぎ、二回振って雫《しずく》を切ってもとへ戻しながら、

「彼、つきあってる女の人、いるらしいの」

と言ったからである。

江口は笑い出していた。

ふ、ふと湯玉が上ってくるように笑いの玉がこみ上げて来て、大きな声で笑っていた。

「なにがおかしいのよ。笑いごとじゃないわ」

律子は唇をとがらせていた。その横顔はタカよりも母親の美津子に似ていた。江口の笑いは体の中で尾を引いていた。

律子には可哀そうだが、よかったと思った。これでいいんだ、そのほうが本当だ。父親の仇《かたき》を、婿が討ってくれたような気もした。

それにしても、と江口は律子の置いたコップに水を受けながら、絶対に大丈夫と思っていた美津子にあの甘い声があり、勿論それ以上のことはないにしろ、自分の知らない女の部分があったことにおどろき、律子についての見当はずれに、改めて溜息をついた。

記憶に残るタカについてのいくつかの景色のうち、どれとどれに重たい意味があったのか。江口は父親と同じように、自分もタカに惚れていたことに気がついた。

二階のはめ殺し窓に目かくしをする代りに、とりあえず古くなったあの表札をはずして、下手でもいいから自分の字で書き直したものを掛けることにしよう。江口はゆっくりと水を飲んだ。

三枚肉

樟脳《しょうのう》の匂いが軀《からだ》にからみついている。家中どこへいっても追いかけてくるような気がして半沢は落着かない。

匂いのもとは、女房の幹子の訪問着である。今夜の披露宴のために箪笥から出し、壁にぶら下げて風を通している。

幹子は癇性《かんしょう》で、料理のときの塩胡椒《こしょう》もきつめなたちである。樟脳が多過ぎるんだよ、と言いたいところだが、披露宴が終るまでは余計なことは言わないほうがいい。

半沢は洗面所の鏡にうつる自分の顔をのぞき込んだ。五十にはまだ間があるというのに、ひげには白いものが混りはじめている。もっとも白髪に関しては幹子のほうが早く、白髪染めを使いはじめたのはたしか一昨年《おととし》である。

はじめの一年は、半沢の目に触れないように、白髪染めの薬品を戸棚の奥に仕舞っていたようだが、この節は不用意に洗面台に置き忘れている。染めたのは昨日あたりであろうが、いつもより念入りに染めたような気がする。

問題は披露宴の会場へ入るときだな、と半沢は左頬を押えた。会場の入口で花嫁に挨拶するとき、こいつがピクピクしなければいいのだ。内心の動揺を覚られまいと振舞うとき、半沢の左頬は主人を裏切ってピクピクと痙攣《けいれん》する。幹子がそれを見逃すはずはない。

花嫁の大町波津子は、五年間半沢の秘書だった。

紺の上っぱりを着て、うつむいてタイプを打つときの波津子の貧弱な肩や、書類にサインを貰いにくるときの遠慮っぽい手つきを思い出せばいい。正月にほかの社員と一緒に年賀に来て、子供たちと百人一首をしていた彼女を思い出せばいいのだ。間違ってもあのときのことを思い出してはいけない。

波津子が目立って仕事を間違えるようになったのは、去年の今頃である。

取り立てて気が利《き》くというほどではなかったが、仕事は正確なほうだったから、伝言の言い忘れやミスタイプが目立つと、黙っているわけにはいかなかった。結婚を約束した相手に振られたらしいという噂も聞いていた。

退社後、夕食をおごり、差支えなかったら事情を話してみないかと言った。波津子は、停年

前なのに半身不随で寝たきりの父親を抱えていること、土壇場になって相手の男がひるんだらしい、と言いかけて、

「もういいんです。済んだことですから」

と笑って、ステーキの焼き具合をたずねたボーイに、

「レア」

と注文した。

「一番生《なま》みたいなの、レアって言うんですよね」

「そうだよ。血の滴《したた》るようなやつを食べて、明日から元気出さなくちゃ」

波津子はうなずいてから、

「部長」

生まじめな顔で呼びかけた。

「ひとつだけ甘えていいですか」

「なんだい」

波津子のことを、

「ゲームセンター、つき合ってください」

「安いお雛様《ひなさま》みたいな顔した女の子」

といった重役がいた。半沢のうちの雛人形は、死んだ母親が嫁入りのとき持ってきたかなりの年代ものだったから、安い雛人形というのをしげしげと眺めたことはなかったが、成程言われてみると目も鼻も口も、チマチマとして通りいっぺんの出来と、いうところがあった。肌理《きめ》が細かいだけが取柄で、姿かたちのほうも、雛人形のように肉の薄い、洋服の似合わない女の子だった。

レストランの暗い光りで、雛人形のひと皮瞼《まぶた》に真正面から見据えられると、これは案外な迫力があって、半沢は嫌だと言えなかった。

その晩、波津子は銃を撃ちまくった。

百円玉を入れると、スクリーンにＵＦＯが次々にあらわれる。それを狙って撃つのだが、三百点になるまでは帰らないと言って、半沢にバッグを持たせ、憑《つ》かれたように撃った。撃ちながら、

「畜生」

「馬鹿野郎」

と呟き、大粒の涙をこぼした。

そのまま帰すわけにはゆかず、近くのパブで酒を飲み、あとは魔がさしたとしか言えなかった。

うちへ帰ったのは十一時過ぎである。

ドアを開けた女房の幹子の顔を見て、半沢は肝をつぶした。顔中赤紫色に腫れ上り、目も口もふさがっている。白髪染めの薬を替えたら、かぶれたのだという。半沢は自分のせいでこうなったような気がした。浮気は今までにも覚えはあるが、部下とこうなったのは始めてである。酒の上のことにしよう、と、次の日からは波津子と目を合わさぬようにした。知らん顔で通した。

ちょうど一週間目だったろうか。

書類にサインを貰いにきた波津子は、

「ダダダダ」

と呟いて席に戻っていった。顔はいつもの「安いお雛様」だった。

半沢は、波津子が長女と五つしか年の違わないことを考えた。この前の晩帰ったときの、白髪染めにかぶれた幹子の顔を思い浮かべた。思い浮かべながら、足はひとりでにゲームセンターに向いていた。

波津子は同じ場所でUFOを撃っていた。

泣いてはいなかったが、薄い胸に大きな銃を抱え込んでいるのを見ると、半沢はそのまま帰れなかった。薄い肩に手を置いた。同じパブに寄り同じホテルへ行った。

そこまでは同じだったが、その晩半沢は軀のほうが思うようにならなかった。気まずい思いでならんで横になっていると、波津子が黙って半沢の手をとり、シーツの下の自分の腹に導いた。

盲腸のあたりに蜜柑《みかん》の種子ほどの小さな突起というか引っつれがあった。指の腹でさわらせてから、波津子は中学二年の春のことを話した。

クラスでレース編が流行《はや》っていた。

授業中もうしろの席で手を動かす生徒がいたので、学校で編むことは禁止されたが、みな教師の目を盗んで編んでいた。掃除を怠けて編んでいたところを担任のオールドミスの教師に見つかりそうになり、あわててスカートのポケットに仕舞い、ひとつなぎの動作で床にしゃがみ雑巾がけをしようとした途端、銀色の鉤針《かぎばり》の先が腹に突き刺さった。

すぐ医務室にかつぎ込まれたのだが、田舎の校医の処置が不手際だったのか体質だったのか、あとがケロイドになって残ってしまったという。

「酸漿《ほおずき》に爪楊子で穴あけるとき、ブツッていうでしょ。あれと同じ音がしたわ」

半沢のバツの悪さをかばって、波津子は自分の一番のひけ目を教えている。その晩、半沢は十年ほど若返った自分に驚いた。

この前と同じ十二時過ぎにうちへ帰った。

大分腫れの引いた女房の顔がドアをあけた。半沢は左頰がピクピクするのが判った。あぶないな、このままではあとを引く。半沢はそれとなく配置替えを上司にほのめかし、間もなく波津子はよその部へ移った。建物が別館になっていることもあって、滅多に顔を合わすこともたくなった。五年間必ず顔を見せていた年賀も、この正月はこなかった。

「大町さん、どうしたのかしら」

屠蘇《とそ》の道具を薄紙で包んで仕舞いながら、幹子は半沢をのぞき込むようにした。

「あっちの部長のとこ、行ってるんだろ。そんなもんだよ」

笑ったつもりだが、左頰がピクついたような気がする。

三月になって雛人形を飾った。

夜中に手洗いに起き、居間を横切って寝室へ戻る途中、足がとまった。暗いなかにひっそりと並ぶ雛人形の顔は、あの晩、半沢の腕のなかで目を閉じていた波津子の顔だった。

三人官女の右端は特に似ているような気がした。緋の袴《はかま》を脱がせてみたいという衝動に駆られ、いい年をして、と自分を笑いながらベッドに戻った。指の腹が覚えている蜜柑の種子ほどの引っつれが懐しかった。隣りに眠る幹子の、道具立ての大きい顔がうとましく思えた。

突然、夫婦連名の結婚披露宴の招待状を見たとき、半沢はまた左頰がピクついた。正月には遊びにきていたし、幹子がスカーフなどを贈物していたこともあるようだから、連名は不自然ではないともいえるが、別の部に移っていることを考えると、安全ピンで刺されたような気がした。

「お前はゆくこともないだろ」

さりげなく自分の名前だけ書こうとしたが、幹子は反対した。暮につくった訪問着に風を通したい、というのである。結婚祝いも、一万円のきまりを、「あなたがお世話になったから」といっていつもの倍包んだのも、半沢の気を重くさせていた。


心配することはなかった。

披露宴の会場に入る前に、結婚してやめた女子社員につかまり、幹子と別になれた。

仲人夫妻、花婿花嫁、親たちが居並ぶ入口に、挨拶する客で小さな列が出来ている。

波津子は強い化粧のせいか別人のように華やかに見えた。その奥の、古びた雛人形のような目鼻立ちの小造りな留袖は、波津子の母親であろう。その前を通るときだけが嫌だった。飛行機に乗る前に空港でやられる、X線のゲートをくぐるあのときの気の重さに似ている。

「おめでとう」

「おめでとうございます」

すこし大き過ぎたかな、と思うほど声を張って挨拶した。大きな声を出して笑いながらしゃ

生誕八十年記念出版　文藝春秋

向田邦子全集

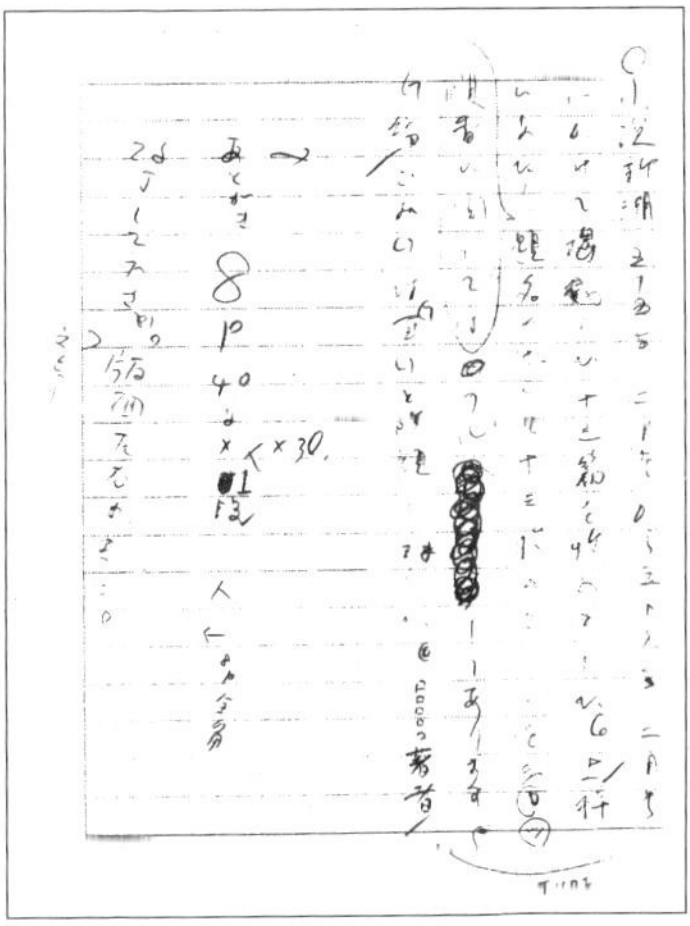

『思い出トランプ』あとがきの入稿原稿。「→あとがき 改丁して下さい。文章 版面左右中央に。」この指定は編集者の経験をもつ向田本人によるものと思われる。（かごしま近代文学館蔵）

第一回配本
第一巻
月報1
二〇〇九年四月

株式会社文藝春秋
東京都千代田区紀尾井町3-23
電話 03-3265-1211

男が読む向田邦子

爆笑問題・太田 光

向田さんの作品は、不道徳であると思う。この短編集の作品はどれも、〝一番書いてはいけないこと〟だと感じる。では、他の人々は、書いてはいけないことだからこういう作品を書かないのかというとそうではない。誰もが知っているはずなのに、誰も言葉に出来ないから、〝書けない〟のだ。

私はテレビで発言していて、視聴者からのクレームは日常的にある。「教育上よくない」「不謹慎である」と。しかし向田邦子のこの作品達と比べたら、私の言葉の何と他愛のないことか、罪のないことか、と思う。

私の言葉は、小さい子供の無邪気なひやかしで、向田さんの言葉は、大人の本当の悪だ。

にもかかわらず、向田さんの作品は有害とされるどころか、逆に誰からも尊敬され続け、美しく、品があり、礼をわきまえた、正しい姿、といったイメージすらある。私はこれが、向田邦子の〝恐ろしさ〟だと思う。

大して罪もない戯言しか言えないのに、「言論の自由」などと倫理に楯突いて大騒ぎすることの、なんと幼稚なことか。向田さんは少しも騒がず、やすやすと、ど真ん中で、誰も触れてはいけないはずの、悪くて魅力的なことを堂々と書いてしまう。震えるほど恐ろしいが、惚れ惚れするほど、格好良い。

そこに描かれているのは、堕落であり、不倫であり、殺意であり、欲望であり、暴力である。どれもが、罪とされ、悪とされるものだ。その悪を内に持った登場人物達をこれほど赤裸々に、魅力的に描いてしまうことが、良しとされるのは何故だろう。

「かわうそ」を読んでいると、何度も溜め息が出てしまう。読んでる途中で思わず「面白い！」と口に出してしまう。

あの物語の中で、鼻唄を歌う厚子は、本当に可笑しくて可愛い。顔の幅だけ襖を開けて覗き込む厚子は、とても愛《いと》おしく、夫に「おい」と呼ばれて「なんじゃ」と振り返る厚子は、本当にそこにいるみたいに、生き生きとしている。もっと長く、この人物を見ていたいと思う。

向田さんは誰もが思っていても、気がひけて、描けないようなことを描く。

「はめ殺し窓」の中で主人公が風呂から上がった時、三歳になる娘が、テレビ画面にうつった男の俳優にキスをしている場面に遭遇するシーンがある。これをもし、テレビドラマでやるとしたら、三歳の子役にこのシーンを演じさせることの出来る演出家がいるだろうか。子役にどうやって演技指導をするのだろう。そう考えると誰もが気がひけてしまうのではないかと思う。しかし、こういうことはある。現実にある。というのが、向田さんの真実だ。

向田さんは脚本家だ。脚本とは多くのセリフと少しのト書きで出来ている。そのわりにこの小説には、セリフが少ない。脚本家らしくない小説だと感じる人もいるかもしれない。

だが実は、このセリフの少なさこそ、向田さんらしいと私は感じる。向田さんのドラマは、どれも、セリフで多くを語らせないドラマだった。説明ゼリフというものの一切ないのが特徴だったと私は思っている。全部、画面と状況で見せる。セリフはどれも、本当の会話で、必ず、その時々の必然があり、人が言うはずのないことは、絶対に言わせないものだった。だからこそ、言葉は短く、効果的で、実際の生活風景なのだった。

「三枚肉」の中で、主人公半沢は、会社の部下の若い女性の失恋を慰め、ゲームセンターの射撃のゲームにつき合ったあと、一夜の関係を持つ。その後、会社でその女性と目を合わせないようにして過ごしている。女性は何も言ってこないが、一週間目に、書類にサインを貰いにくると帰り際「ダダダダ」と呟いて席に戻って行く。何て上手いのだろうと思う。この「ダダダダ」だけで、この女性の若さ、悪戯っぽさ、恐ろしさ、そして、会社での二人の関係、半沢のビクビクしている態度、そして何よりこの女性の魅力をどんな説明ゼリフより雄弁に表現してしまうのだ。本当に痺れる。そしてこのセリフが、半沢がその後、この女性とズルズル関係を続けることの必然になるのだ。向田さんのドラマはいつもこうだった。

向田さんの描き出す出来事は、必ず人間が〝生きている〟ことが、それが起きる原因となる。本来ならば、当然のことなのに、物語にする上で多くが見逃し、あるいは、避けてしまうようなことを向田さんだけが、捉え、表現する。匂い、温度、さわり心地、音、生理現象などだ。

「犬小屋」では、犬の影虎が魚屋で烏賊を散乱させ、カッちゃんが、その影虎に鯖の腹の部分を放ってやり、その中に小さな河豚が入っていて影虎が死にかけるという、一連の出来事があって、初めてカッちゃんが達子の家に通うようになる必然が出来、後に影虎の息が魚臭くなることが、物語の重要な鍵となる。

「りんごの皮」では、電気の来ていない部屋が暗いからこそ、時子は、弟の菊男の大人になった男の匂いに気付き、自分の声がかすれていることに気付く。

「男眉」の中では、主人公の麻の、男好きのする地蔵眉を持つ妹が、葬式の後の酒の席で、手洗いに立つシーンが描かれる。会話の流れの中で自然と手洗いに立つ妹を見て、麻は、「こういう呼吸がうまい女である」と思う。自分だと、「どこかでギクシャクして、誰かに声をかけられ、立ちそびれてもじもじするということになってしまう」と。その後、こう続く。

「水を流す音が聞えた時、入れ替りのように夫が立ち上った。これも手洗いらしい。麻は、『あ、嫌だな』と思った。」

こんなことを向田さん以外の誰が書けるだろう。〝生きている〟こと自体が、事件の原因になる。本来当然のはずなのに、描ける人は少ない。奇跡のような表現だと思う。どの場面にも、本来の時間が、本来通りに流れている。

人の悪さ、醜さを、その鋭い刃で切るように向田さんは表現する。しかし決して〝切り捨てる〟わけではない。読み終わった時我々は、不思議と今まで以上に人が好きになり、より向田さんに表現してほしいと感じる。

その気持ちは、「大根の月」の中で、良く砥がれた庖丁で指の先を切り落とされても、母を慕いつづける健太のようだと、私は思う。

女が読む向田邦子　1

諸田玲子

子供の頃、家族でトランプをした。ババ抜き、神経衰弱、七並べ、21……。勝者の景品はみかんやお菓子。負ければもういっぺんもういっぺんとせがむ。なんの屈託もなく家族で笑い転げたのは、後にも先にもあの頃だけだったような気がする。あれはトランプの魔力か。

向田さんのお父さんと同じように、私の父もサラリーマンで、真面目一方の堅物だった。その父が、ババ抜きで私が引き抜く番になると「ババだぞババだぞ」とひょうきんな顔をする。惑わされた私はジョーカーを引いてしまう。アーアとべそ顔を隠せない。すると母や兄はしめたとばかり、私の手からちがう一枚を引いてゆく。

とはいえ、父がいつも一番だったかといえば、そうではない。あわてず騒がず淡々としている母に最後はしてやられる。たぶん向田家でも、家族そろってトランプに興じたとしたら、日頃いばっているお父さんが控えめなお母さんにこてんぱんにやられたんじゃないか。

本書の最終話に「ダウト」がある。私は小学校の誕生会で覚えた。数の順にカードを出してゆくだけの単純なゲームなのに、ダウトは怖い。いかに巧く嘘をつくか、嘘を見破るか――つまり、腹の探り合いである。夢中になって遊んでいるうちに、いろんなことが見えてくる。たとえば、A子ちゃんは嘘のカードを出すとき唇を舐めるとか、B君は自信のないときにかざって声が大きいとか、C子さんの目は絶対にごまかせないとか……嘘の巧い人・苦手な人、疑い深い人・騙されやすい人、癖も本性もぽろんと露呈されてしまう。

女は――もちろん例外はあるものの――総じてダウトが得意である。向田さんも十八番だったのではないか。黒眸がちの目をした理知的な少女は自信たっぷり、ポーカーフェイスで嘘のカードを切る。

「ドウダ。疑うんならダウトをかけてごらん」

向田さんは嘘が巧い。人を煙に巻くのが上手だ。その上、他人の嘘を見抜くのも巧い。疑わしいと直感すれば瞬時を逃さず、容赦なくダウトをかける。本書の一篇、「だらだら坂」のトミ子が、整形手術をした目に黒眼鏡をかけてぬっと現れ、愛人の庄治をのけぞらせたような鮮やかさである。

ババ抜きやダウト以外にもトランプは使い途がある。娘時代の一時期、私はトランプ占いに凝った。心もとない恋の指南をしてくれる、トランプは唯一の相談相手だった。それにしても、あの頃はどうしてハートのエースが出なかったのだろう。ダイヤやクローバー、それも2や3だけでは、ラブレターを書く気にもならない。

本書の中で、向田さんは十三枚のカードを切った。フルハウスとはいかなくてもスリーカードかツーカード、せめてハートのエースかスペードのジャックが一枚でも入っていれば、華やかで胸躍る小説集になっていたかもしれない。ところが一枚残らず地味なカードである。哀切で皮肉でとげとげしい。小意地の悪いものもある。

前出のトミ子は「あかぎれみたいな目から」「小さなドブから水が溢れるように」「ジワジワビショビショと」涙を流す。「男眉」の骨太で毛深い麻は、お地蔵さまを「何を考えているか判らない油断のなさそうなところは」「犬にも似ている」と思ってはばからない。電車の中で「首の骨が折れたようにつんのめって眠って」いる若夫婦と子供、その亭主のほうが昔の魚屋のカッちゃんだと気づき、カッちゃんの哀しくも滑稽な自分への片恋慕の一幕を思い出す「犬小屋」の達子も、相当に辛辣である。「マンハッタン」の睦男にも「りんごの皮」の時子にも「大根の月」の英子にも、少なくとも、希望に満ちた将来が待っているようには思えない。「あら、現実はこんなものよ」と、向田さんは平然として、私の目の前に色褪せたカードを並べてゆく。

トランプ占いはほどなく飽きた。もしハートのエースが出たとしても、そんなことに浮かれるほど恋も世間も甘くはないと、早々と悟ってしまったから。

それなのに私は新婚時代、性懲りもなく、またもやトランプにのめり込んだ。宣伝マン、フードコンサルタント、プロデューサー、フランス人のオカマ……友人や、友人の友人、そのまた友人の友人らしいがどういう素性かだれにも判明できない人等々、週末になると集まって飲むわ食うわ。かろうじて酔いつぶれていない数人をピックアップして朝までトランプに興じる。

今度はナポレオンである。絵札を何枚集めるゾと宣言したナポレオンは、副官の協力を得て勝負に挑む。二人ないし三人の連合軍がこれを阻止する。ババ抜きやダウトに比べれば、はるかに高度なゲームだ。おもしろいのはだれが副官でだれが連合軍かわからないままゲームが進んでゆくことだ。途中でわかってしまう場合もあるけれど、最後まで欺かれて、欣喜雀躍したり地獄に突き落とされたりすることもままある。

これって、もしかして、人生そのものではないか。敵になったり味方になったり、愛したり憎んだり、笑ったり泣いたり……死ぬまで幸不幸はわからない。いや、棺桶に入ってもわからないかもしれない。現実は、華美な絵が描かれた強力な一枚のカードではなく、取るに足らない小さなカードがごにょごにょと申し訳なさそうに寄せ集まってできている。その一枚が、赤か黒か、ハートかスペードか、3か4か、私たちにとってはそれこそがいちばんの関心事なのである。

だから、向田さんのシャッフルが冴える。些細なことを見逃さない。大ざっぱにまとめようとも、綺麗事で塗りたてようともしないから、人も物も生々しく立ち上がってくる。ときには目をそむけたくなることもあるけれど、カードはカード。媚びない。甘えない。

歳月が流れ、数十年ぶりにトランプをした。昔の仲間が集まってのナポレオンだ。宣伝マンは急死していた。フードコンサルタントは離婚して消息不明。プロデューサーとは喧嘩別れ。集まった仲間も、脳梗塞を患ってようやく回復した人やら、会社が倒産した人やら、リストラされた人やら、メタボで禁酒禁煙中の人やら……カードを配る指はかさついて、笑い声もシニカルである。

向田さんがこの場にいたら、どんな顔をしただろう？

――ほらね、こんなものでしょ。

得々と言いながらも、同志のような微笑みを浮かべたのではないか。最上のカードを切って、ゲームの終わりを見事、締めくくってくれたにちがいない。

向田さんのトランプには、だれも勝てない。

生誕八十年記念出版

向田邦子全集〈新版〉 文藝春秋刊 全十一巻・別巻二

第一巻 第一回配本
小説一 思い出トランプ

第二巻 第二回配本・二〇〇九年五月下旬刊行
小説二 あ・うん

第三巻 第三回配本・二〇〇九年六月下旬刊行
小説三 隣りの女 男どき女どき［小説］

第四巻 第四回配本・二〇〇九年七月下旬刊行
小説四 寺内貫太郎一家

第五巻 第五回配本・二〇〇九年八月下旬刊行
エッセイ一 父の詫び状

第六巻 第六回配本・二〇〇九年九月下旬刊行
エッセイ二 眠る盃

第七巻 第七回配本・二〇〇九年十月下旬刊行
エッセイ三 無名仮名人名簿

第八巻 第八回配本・二〇〇九年十一月下旬刊行
エッセイ四 霊長類ヒト科動物図鑑

第九巻 第九回配本・二〇〇九年十二月下旬刊行
エッセイ五 夜中の薔薇

第十巻 第十回配本・二〇一〇年一月下旬刊行
エッセイ六 女の人差し指

第十一巻 第十一回配本・二〇一〇年二月下旬刊行
エッセイ七 男どき女どき［エッセイ］
映画記者時代の文章 補遺 年譜

別巻一 第十二回配本・二〇一〇年三月下旬刊行
向田邦子全対談

別巻二 第十三回配本・二〇一〇年四月下旬刊行
向田邦子の恋文 向田邦子の遺言
向田邦子の恋文／向田和子 向田邦子の遺言／向田和子
鼎談・素顔の向田邦子／植田いつ子・向田せい・向田和子
インタビュー「思い出の作家たち」より／向田せい
インタビュー・わが家の家風／向田せい
書簡、添え状、メモなど

次回配本 第二巻 小説二

向田邦子シナリオ集 岩波現代文庫刊 全六巻

第一巻 あ・うん 二〇〇九年四月中旬刊行
第二巻 阿修羅のごとく 二〇〇九年五月中旬刊行
第三巻 幸福 二〇〇九年六月中旬刊行
第四巻 冬の運動会 二〇〇九年七月中旬刊行
第五巻 寺内貫太郎一家 二〇〇九年八月中旬刊行
第六巻 一話完結傑作選 二〇〇九年九月中旬刊行

*各巻に、自筆原稿、執筆当時の座談、対談、エッセイ、企画書などを附す。

べると、左の頬は震えないのである。

波津子は、にこやかに受け、

「前の部長さん」

隣りの花婿を見上げた。

背の高い人の好さそうな花婿は、白いタキシードのせいか新人歌手のように見えた。

席について、新郎新婦の入場がはじまった。拍手をする半沢に、幹子が顔を寄せた。

「大町さん、おめでたじゃないかしら。あなた、気がつかなかった?」

幹子の耳たぶのあたりから香料が強く匂った。

タクシーのなかではさほどとも思わなかったから、会場へ入ってからつけ直したらしい。バッグに小指の頭ほどの壜《びん》を忍ばせていて、指の腹を使って耳たぶにつけ直す癖がある。

「三月《みつき》か四月《よつき》じゃないかしら」

半沢は答えたくなかった。

あの空っぽの財布のような薄い腹が、ふくらんで白い風船になる。盲腸のあたりにあった蜜柑の種子ほどの突起はどういうことになるのか。

白いタキシード姿で汗を掻いていた花婿は、あの突起を触らせてもらっているのだろうか。

半沢は、まだだという気がした。

暗い茶の間で見た雛人形の顔が浮かんできた。結婚行進曲を聞きながら、半沢は右手の中指の腹で自分の左手の甲をさすっているのに気がついた。

幹子はからだを乗り出して手を叩いている。

気がついていない。もしや、と思ったこともあったが、思いすごしだったようだ。半沢も強く手を叩いた。


帰りのタクシーで、半沢は居眠りをした。

気くたびれしたせいか、酔いが廻ったこともあるが、幹子に話しかけられると面倒な気がして乗るとすぐ寝たふりをした。そのまま、うとうとしてしまったのである。

いい加減なものだな、という気がした。

半沢を揺り起して、降りる支度をさせながら、幹子が、

「花嫁さんも今頃新幹線のなかで居眠りしているんじゃないの」

と笑った。小さくドキンとしたが、それだけのことで、もう左の頬はピクピクしなかった。

こういう晩は、熱めの風呂に入り、毒にも薬にもならないテレビでも見て、寝酒を引っかけて早寝するに限る。ところが、玄関のドアをあけると、思いがけない顔が、

「よお」

と出迎えた。

大学時代の友達の多門である。

ウマが合うというのか、大学時代は三日にあげず訪ね合う仲だったが、或る時期から疎遠になった。それが十年ばかり前に、おたがい社用に使っている料亭の廊下で顔が合い、半年に一回かそこらだが、つきあいが戻っていた。それにしても上り込んで待っていたのは始めてのことである。

「別段、用があったわけじゃないんだがね」

近くまで来たので電話したら、夫婦連れで結婚式と聞いたので、そう待たされることもあるまいと勝手に上り込んで、

「チビチビやって待ってたよ」

グラスをあける真似をしてみせた。

半沢は、半年の間に多門が痩《や》せたのが気になった。

「お前のとこみたいな親方日の丸と違って、こっちは不景気と組合の挟み撃ちだからね。肥るひまないよ」

笑いとばしたが、目尻のしわが黒く深いように思えた。

そのまま酒になった。

ふたりとも下地が出来ていたせいか、おもてで飲む半分の時間で、他愛なく酔いが廻った。

下戸の幹子も、甘い酒をつきあい、ふたりの間にはさまるようにして世話をやいた。

突然、多門が言った。

「おれ、借りてるもの、なかったかな」

覚えがなかった。

昔はたしかによく貸し借りをしあった。

半沢の財布は多門の財布という時期もあったし、辞書は二人で一冊ということもあったが、いまはそういうつきあいではなくなっている。

半沢がそのことを言うと、多門は小さくうなずいて、

「おれ、お前のおかげで命拾いしたからさ」

ぽつりとこう言った。

「にっちもさっちもゆかなくなって、面倒くさいから死んじまうか、と思ったことがあったんだ」

半沢にはおよその見当がついた。

二十五年ほど前のことである。

学校を出て、かなりいいところへ就職が決ってすぐ、多門は結核にかかった。

とりあえず一年休職して、郊外の療養所へ入った。話題の新薬が出廻りはじめた頃でもあり、もう死病でなくなっていたが、入社して一年にも満たなかったから、戦線離脱と同じであった。

その頃、半沢も浮かぬ毎日がつづいていた。

学生時代からつきあいのつづいていた幹子との結婚を、半沢の母親が承知しなかった。

一時期、幹子が学資稼ぎに新宿のバーの手伝いをしていたことが原因である。

「小指を立ててお茶をのむひとだけは勘弁しておくれ」

というのが母親の言い分であった。

戦後の新円切り換えの苦しい時期に、軍隊毛布でオーバーを作ったりする母親の内職で大学へやってもらった半沢は、親を捨ててうちを飛び出す度胸もなかった。

半月に一度は幹子と、二人揃って多門を見舞っていた習慣も気がついたら間遠《まとお》になっていた。

見舞いにゆくと、多門はまるで自分のことのように、二人の成行きを心配し、半沢の優柔不断を責めた。さしあたってすることのない病床で、それだけが張り合いのようなところがあった。足が遠のいた理由のひとつは、多門に言いわけするのが億劫《おっくう》になったせいである。

療養所から半沢の足が遠のいてからも、幹子は唯一の味方だった多門をときどき見舞っていたようである。

出たり引っこんだりはあったにしろ、半沢はそれから一年ほどで幹子と所帯を持った。多門も療養所から戻り、三月ほど下宿でぶらぶらしてから、いまの会社へ入り直した。多門が八方ふさがりの時期といったのは、この頃のことだと察しがついた。

焼酎を一升。

目貼り用のテープが三巻き。

穴のあいた靴下や汚れた猿股は、風呂敷に包んで銭湯のゆきがけに渋谷川にほうり込んだ。あとは下宿に帰り、焼酎を飲みながらドアや窓のすき間に目貼りをして、ガス栓をひねれば楽になれる。そう思ったとき、半沢に借りっぱなしになっていた一冊の本が頭にひらめいた。

「『乞返却』と扉に朱筆で入ったやつを、ひとにまた貸ししてたことに気がついてさ。代官山まで取りにいって、それからお前のとこへ返しに行ったんだよ」

半沢は三軒茶屋に住んでいた。多門は、本を抱えて暗くて細い裏通りを選《よ》って歩いた。東京の街はまだ暗かった。焼けあともまだ残っていた。焼け残った庇《ひさし》の低い家のなかから、赤んぼうの泣き声が聞えた。内風呂の湯を落したのか、湯垢《ゆあか》のまじった人恋しい湯気が、ドブ板の間から立ちのぼった。

「あの匂いに負けたようなもんだ。ありゃこたえた……」

死ぬのが馬鹿馬鹿しくなってきたんだ、と多門はひとごとみたいな口振りで言うと、薄くなった半沢のグラスにウイスキーをつぎ足した。

幹子が、ふうっと、詰めていた息を吐くと、立ち上って窓をあけた。

あのときも窓のところだった。外から多門はガラス窓をコツコツと叩き、開けた半沢に黙って本を突き出すと、そのまま帰っていったような記憶がある。

幹子との結婚の費用のことで頭がいっぱいだった時期で、本を返しに来た友達の目のなかをのぞき込むゆとりはなかった。

「本の名前、覚えてないだろう。野上豊一郎の『西洋見学』だよ。なかにはゴヤの闘牛のデッサンが一枚入っていたんだ」

半沢は、それも覚えていなかった。


台所から煮物をあたためる匂いが流れてくる。

夜食の支度をしに幹子が台所へ立ったあと、多門は黙り込んで、窓から狭い庭を眺めている。

あの頃の幹子は痩せていた。

日本中、男も女もみな痩せていたが、幹子はとりわけほっそりしていた。その頃、はやっていた白のシャークスキンのスーツを着ていた。替えがなかったのか、一番いいところを半沢に見せたかったのか、衿がうす鼠色に汚れてもそれを着ていたことがある。

あるとき、白いスカートのうしろに、緑色のしみがついているのを見つけた。

「芝生に坐って、おしゃべりしてたら染まってしまったの」

と言ったが、坐るだけで、あんなに青く染まるものだろうか。そのとき持っていた牛皮のハンドバッグの把手がとれて、素人らしいやり方でつけてあったのに目を走らせると、

「友達のうちのシェパードがふざけて引っぱったのよ」

笑いながら説明をしたが、シェパードは多門だったのではないか。夜、療養所の病室を脱け出して、林のなかで逢い引きする患者がいるというはなしを聞いたせいなのか。

多門が本を返しにきたのは、すぐそのあとだったような気がする。


幹子が湯気の立つ深鉢を持って入ってきた。

大振りに切った肉と大根の煮つけである。

「子供を買いにやったら、間違えて三枚肉を買ってきてしまったんですよ。お口に合わないかも知れないけど」

三枚肉というのは、肋《あばら》のところで、肉と脂肪が三段ほどに層になったところである。安いところだというが、時間をかけて煮込んだせいかやわらかく味もいい。

幹子も多門も、大きい肉にとりついて、口を動かしている。いつもより紅の濃い幹子の唇は

脂《あぶら》でぬめぬめと光り、そこだけ別の生きもののように、肉をくわえ、脂を口の奥へ送り込んでゆく。

生気がないと思っていた多門も、光りのせいか口の中は牛の肉のように赤く見える。

「牛肉ってやつは不思議だね」

多門が言った。

「草を食うだけなのに、どうしてこんな肉や脂肪になるのかね」

そういえば、と幹子が脂で光った唇を手の甲で拭うようにしながら、

「豚の脂より牛の脂のほうが、土壇場へくるとしつこいわね」

牛肉のほうが、凄味があってしたたかだ、と話しながら、三人は肉を食べた。

なにもないおだやかな、黙々と草を食《は》むような毎日の暮しが、振りかえれば、したたかな肉と脂の層になってゆく。肩も胸も腰も薄い波津子も、あと二十年もたてば、幹子になる。幹子がなにも言わないように、波津子もなにもしゃべらず年をとってゆくに違いない。

「おれ、来週、ちょっと入ってくる」

胃腸専門のドックに入るんだと多門は言う。

「こんな肉、召し上って大丈夫なの」

返事の代りに、多門は深鉢の中の三枚肉に箸をのばした。

二十五年前に『西洋見学』を返しに来て命を拾った多門は、今夜はなにを返しに来たのだろう。ただの縁起かつぎかな、と思いながら半沢も負けずに肉にかぶりついた。

マンハッタン

女房が出ていってから、睦男はいろいろなことを覚えた。

パンは三日で固くなる。食パンは一週間で青カビが生え、フランスパンはひと月で棍棒になる。

牛乳は冷蔵庫へ仕舞っておいても、一週間でアブなくなる。冷蔵庫といえば奥から緑色の水の入ったビニール袋が出て来た。緑色のアイスクリームを買った覚えはない。散々考えたあげく、三月前に出ていった女房の杉子が入れた胡瓜《きゅうり》だと気がついた。

胡瓜は九十七パーセントだか八パーセントは水分だと中学のとき習った覚えがある。成程と遅まきながら感心したが、それから冷蔵庫を開けるのがおっかなくなった。

深夜映画を見ながら居間のソファで眠ってしまい、あけ方テレビのザアザアいう音で目を覚ます。ダブルベッドだと、目を覚ましたとき腕や軀《からだ》が隣りを探すかたちになっている。それが嫌で、居間で寝る癖がついてしまった。

窮屈な姿勢で寝ると覿面《てきめん》に軀の節々が凝る。関節をポキポキいわせて凝りを直していると、アパートの郵便受に邪慳《じやけん》な音で朝刊が差し込まれる。煙草をすいながら、買う筈もないマンションや釣情報のひらめ釣りのコツ五カ条というのまで読む。男子求人欄などは絶対に見ない。改めてソファにひっくり返り、昼近くまでうとうとする。十一時になると起き出して顔を洗う。歯磨きの白いしみの飛んだ曇った鏡に、三十八歳の職のない男のむくんだ顔がうつっている。空気が澱《よど》み、時間まで腐ってしまいそうだ。

十一時半になるのを待って、サンダルを突っかけ、近所の陽来軒へ行き、固い焼きそばを注文する。固い焼きそばは口の天井に突き刺さって食べにくい。食べにくいが、自分をいじめているようで気持がいい。たまには別のものを頼もうと思うのだが、席につくと、固い焼きそばといっていた。

このひと月、同じことを繰り返している。

いま睦男に歯向ってくるのは、陽来軒の固い焼きそばだけだった。焼きそばを食べているときだけ生きていて、あとは死骸みたいなものだった。

母親の遺してくれたアパートのあがりもあるから、すぐ暮しに事欠くことはないが、失業手当のあるうちに職を探さないといけない。かといって前より条件のいい勤め口があろう筈がない。事務系のサラリーマンというのは手に職がないのと同じで、つぶしが利《き》かないのである。爪楊子をくわえながら本屋を覗き、週刊誌を一冊買ってゆっくり帰ってくる。ショーウインドーにひょろ長い睦男の影がうつっている。台所の壁に立てかけてある固くなったフランスパンそっくりである。

「あんたみたいのを無気力体質というのよ」

出ていった杉子はよくそう言っていた。

爪楊子が奥歯の神経にさわったらしい。脳天にひびくほど痛い。

別れる前に歯だけは直して置くんだったな、と思いかけ、我ながらケチくさい考えに失笑した。だから女房に逃げられるんだ。

杉子は歯医者である。

美人だが理の勝った女だった。

客が来て寿司を取る。食べ残すと、杉子は赤貝や蛸《たこ》などの、上にのっているものだけを全部食べて返した。高価《たか》いし栄養もあるのに勿体《もったい》ないじゃないのという。理屈はそうだろうが、黒い寿司桶に白い寿司飯だけが七つ八つ残っているのを見るとなにやら浅間しく、惚れていた時分は神々《こうごう》しく思えた杉子の中高《なかだか》な顔まで卑しく見えた。

杉子は指図をするのが好きだった。

睦男がコーヒーをブラックで飲もうとすると、胃に毒よ、といって、必ずスプーン一杯の砂糖を入れさせた。

あけがた見たあの夢は、そのせいかも知れない。

睦男は廊下を歩いていた。

建物はビルのようでもあり、マンションのようでもある。ノックしてドアを開けると、ガランとした部屋のまん中で、睦男が杉子に歯の治療をしてもらっている。首から下を布に覆われて、白い天幕を張ったようになっている。と思ったとき、睦男は治療を受けているほうの睦男とすり替った。

あれは何という名前なのだろう、ガガガガと音のする、歯に穴をあける機械の先から、グラニュー糖が吹き出してくる。グラニュー糖は睦男の口いっぱいに溢《あふ》れ、溢れた砂糖は首から床に白い天幕のような大きな三角形をつくっている。

痛い。甘い。口がだるい。

睦男はいつの間にか廊下に立って見ているほうの睦男とすり替っている。睦男を治療しているのは杉子ではない。歯科医の稲田である。一年ほど前に、診療所に勤めていた杉子を自分の経営しているモダンなデンタル・クリニックに引き抜いた男だ。紹介されて、一度逢っただけだが、精力的な猪首《いくび》と小指にはめた金の指環を覚えている。あの時、稲田に対して杉子が妙に礼儀正しかったのも、いまにして思えば符牒《ふちょう》があう。

グラニュー糖はザアザアシャーシャー音を立てながら、睦男の首の下で光ったエプロンになり白いピラミッドを作っている。痛い痛い――というところで目が覚めたのである。つけっぱなしのテレビが、白い縞模様を光らせながら、同じ音を立てていた。


睦男は道の端を歩いた。

モルタルの塀で肩を擦《す》るほど端を歩いた。失職している人間は道のまん中を歩いてはいけないと思っているわけではないのだが、そうしたかった。

一旦そう決めると、固い焼きそばではないが暫《しばら》くそれを続けないと落着かないところがあった。

陽来軒のあと本屋へ寄り、週刊誌を一冊買って、いつもの道を通ってアパートへ帰る。すぐ台所へいって、立てかけてあるフランスパンの固さをたしかめてから、コップ一杯の水を飲む。それからソファにひっくり返り、週刊誌を端からめくって、七時のニュースになったらビールをのみはじめ店屋ものを取るのが毎日のきまりなのである。

ところが、その日は思うようにいかなかった。いつもの道をトラックがふさいでいた。一軒の店が模様替えをするらしく、取りこわした古材木を運び出しているのである。表通りから一筋裏へ入った狭い道で、土埃もひどいのだから、引きかえして廻り道をすればいいのは判っていたが、睦男はそうしなかった。この道を通ると決めたら、どうしても通りたかった。ここで節を曲げたら、突っかえ棒は折れてしまうのである。

目を半眼に閉じて埃を避けながら、睦男は、この店が昨日までコロッケ屋だったことに気がついた。初老の夫婦だけでやっていた店で、睦男も俄《にわ》かやもめになってから時々世話になっていた。

つい昨日だか一昨日《おととい》までは、そんな気《け》ぶりも見せなかったのに、取りこわしや改築は寝取られ亭主と同じだ。気がついたときは、事態は大分すすんでいる。

「あと、どうなるの？　新しい店が出来るの？」

睦男は取りこわしの指図をしている男にたずねた。男は黙って工事許可を示す板を叩いた。店名は、

「マンハッタン」

となっていた。

「人のはなし、ちゃんと聞いてくださいよ」

別に暮すようになってから、杉子は紅がきつくなった。喫茶店で向き合って坐ると、五つ六

つ若返ってみえる。ことばはきついが、しぐさには媚《こび》がある。新しい男に見せている顔が、別れると決めた夫の前でも、つい覗いてしまうものらしい。

杉子のはなしは聞いている。

会社が潰《つぶ》れたから、嫌気がさしたんじゃないのよ。がむしゃらに職を探さない、そういう生き方があたしとは違うと思ったの。

お姑《かあ》さんを見送ったら、しっくりいくと思ったけれど、かえって性格の違いがぶつかりあってしまったわねえ。

子供がなくて、かえってよかった。

みな、耳に入っている。ただ、どこかで別の声がする。

「マンハッタン」「マンハッタン」

はじめは、ゆるやかに廻るエンドレスのテープだった。

「マンハッタン」はスナックだと判った。カウンターが主の、十二、三人も入ればいっぱいの小ぢんまりした店になりそうである。

睦男は朝起きると、工事の進み具合を見にゆき、昼間のぞき夕方また見にゆかないと気が済まなかった。安直な造作のせいか、半日見ないとびっくりするほど様子が変ってしまう。

どうしてこんなに執着するのだろう。

「マンハッタン」という名前に、特別な記憶や思い出があるのか、いくら考えても、理由はなさそうであった。

「マンハッタン」「マンハッタン」

二十日鼠が日がな一日、小さな車を廻すように、それは睦男のなかで音を立てて廻っていた。響きがいいからなのか、何でもいい、軀のなかで鳴るものが欲しかったのか。

車が廻っている間は、会社が潰れたことも、杉子に無気力体質ねと言われたことも、女房に逃げられたご主人というアパートの連中の視線も考えなくて済んだ。

陽来軒で固い焼きそばの代りに、冷し中華を注文していた。

毎晩とはゆかないが、パジャマに着替えてベッドで寝るようになった。あけがた目を覚ますと、隣りに腕を伸ばしていることもあったが、夢のなかの「マンハッタン」を抱きしめているような気がしていた。

書類や荷物は、また日を改めて、ということで、杉子は腰を浮かせた。

「就職、まだメドがつかないの」

といいながら、杉子がしたり顔で伝票をつかんでも、顔がひきつることはなかった。コーヒー代の千円やそこらは、どっちが払ってもよかった。あと二日で「マンハッタン」の開店なのである。

帰りに睦男は「マンハッタン」をのぞいた。内装が追い込みにかかっている。顔見知りになった職人たちが、今晩は徹夜になりそうだという。

「そりゃ大変だ。なんか差し入れしようか」

「悪いからいいよ。差し入れはママさんから届くからさ」

壁紙を貼っている年かさの職人が答えた。

「そうか。この店、ママがいるの」

ママさん美人かい、と聞こうとしたが、あわてることはない。楽しみは開店の日のために取って置こうと思い直し、体半分のぞいていた店から外へ出た。

出たところを、いきなり殴られて道にしゃがみこんでしまった。

「マンハッタン」の看板を取りつけていた工事人が、睦男の頭の上へ小さな工具を落したのである。


打ちどころが悪かったら面倒なことになるところだったが、辛い傷は頭の横をかすめた程度で済んだ。それでも潮どきだったのか、押えた指の間から、赤いものが筋になって滴《したた》り落ちた。

近所の病院で脳波を取り、大事をとって一晩入院ということになった。

すぐに工事責任者が挨拶に来た。

一応詫びは言いながらも、関係のない人間が店をのぞき、出際《でぎわ》に事故に逢ったことを確認させて帰っていった。万一の場合を心配してのことであろうが、睦男はそんなことはどっちでもよかった。早くひとりにさせてくれと言いたかった。

正直にいえば、この程度の傷だったことが恨めしいくらいだった。いっそのこと、金鎚《かなづち》でも落ちて、頭でもブチ割れていれば、「マンハッタン」のママが見舞いにくる。偶然とはいいながら、睦男はどの客よりも「マンハッタン」と、ママに深くかかわることが出来た。

睦男のなかの二十日鼠は、今までになく盛大に車を廻している。

そのうちにママがくる。「マンハッタン」「マンハッタン」と心中することが出来たのだ。

期待に反して、ママは見映えのしない女だった。ポパイの恋人で手足が針金細工のようにひょろひょろ長いオリーブ・オイルという女の子がいるが、あれを二廻り小型にしたようであった。

年は三十を出たか出ないかというところである。色もズズ黒い。

深夜スーパーでみつくろって来た、籠ばかり立派な上げ底の果物籠を枕頭台に置き、相部屋の病人の子供らしいのが、のぞきこむと愛想笑いになった。

「お子さんですか」

「女房もいないのに子供がいたら大変だよ」

ママはあら？　という顔をした。

「どうだい、初日の感触は」

「まあ、売り込み成功じゃないですか」

営業にいた時分、部長とこんなやりとりをしたことを、急に思い出した。

「マンハッタン」「マンハッタン」

思い通りにことが運んでいる。

その夜睦男は、固い病院のベッドで、三月ぶりに熟睡した。


「マンハッタン」の開店の日、睦男はどの客よりも大事にされた。

頭の繃帯がものを言った。睦男も、自分の店のような気がした。

新店《しんみせ》は、何かと足りないものだらけである。

伝票をつけるサインペンを忘れたといわれると、睦男は文房具店へ駆け出したし、夜遅くなってレモンが足りないという声を聞くと果物屋を叩き起して、ありったけのレモンを包んでもらった。

睦男は毎晩通った。

五日もたつと、繃帯がとれたのはさびしかったが、ご利益《りやく》はそうそう衰えず、常連のなかでも特別待遇だった。

睦男も、それに精いっぱい応えた。

これも常連の八田という中年男が、

「ここの椅子もいいけど、ケツが痛いよ」

とぼやき、ママがすみません、といっているのを耳にすると、小走りに自分のアパートへもどり、ちょうど大きさの合うクッションを持って来て寄付をした。

「なんか寂しいと思ったら壁面がひとつあいてるせいか」

気のつくたちとみえて、八田が言う。

「すみません。絵は高いのよ」

睦男は、また小走りにアパートへもどった。

居間にかけてあるリトグラフを抱えて、「マンハッタン」へもどり、黙って壁に懸けた。

釘を打ち、八田が、もうちょい右上などというのに合わせて、絵の懸け紐を調節する睦男の背中へママが体をもたせかけてきた。

こうすると、オリーブ・オイルも悪くない。睦男は、ママが彼と同じく胃弱で無気力体質であることが気に入っていた。

この女なら杉子みたいに、客の残した寿司の上だけ食べて返すことはしないだろうと思った。

夕方、睦男はまだ陽のあるうちにアパートを出て「マンハッタン」へ通った。

前みたいに端を歩かない睦男のひょろ長い影法師が、すこしツンのめって歩いてゆく。前のめりのフランスパンと、オリーブ・オイルがからみ合うと、ちょうどいいような気がする。

ひと月も通うと、客の空《す》いた間に、身の上ばなしをするようになった。

歯医者の女房に男が出来て逃げられたこと。会社が潰れたが、母親の遺したアパートのあがりがあるので、あわてないでいる、などと、思い切って恥を話した。通り一つ裏の睦男のアパートへレコードを聞きにくる約束を取りつけた。

看板までねばったが、これも常連の八田が帰らずに坐っている。仕方がないのでアパートへもどると、ドアをノックする音がする。

あたりをはばかるような遠慮っぽい叩き方である。風呂に入るので下着ひとつになっていた睦男は返事だけして、あわててズボンをはき、半分冗談で立てかけてある泥棒用心のフランスパンを押入れに蹴込んでから、ドアをあけた。

ママが立っていると思ったが、誰もいなかった。いざとなって、尻込みしたらしい。まあいいさ。ここまできたら、あとは時間の問題である。無気力体質同士、ゆっくりゆこう。

「マンハッタン」「マンハッタン」

ひと頃は烈しかった歓喜の大合唱も、此《こ》の頃は満ち足りたせいか落ちついたものになって来ている。

睦男は荷物のことで杉子と言い争いをした。

あたしの絵はどうしたの、と、杉子に責められたのである。一緒に暮して十年もたてば、厳密にどちらの所有とはいい難くなっている。「マンハッタン」から返してもらうのは簡単だが、それはせっかく実りはじめたものを摘みとることになりそうだ。

弁償する、という睦男を、杉子はじっと見た。

「どこへ持っていったんですか」

とがめている目は、覚えがあった。二十年ほど前に、若い女をつくってうちを出ていった父に、母が向けていた視線である。

父もよくうちのものを持ち出した。掛軸。能面。新型のラジオ。

絵を持ち出した相手に嫉妬の色をみせた杉子の表情から、睦男は新しい男とうまくいっていないなと思った。

職も探す。もう一度やり直さないか。

そういえば、もとへもどりそうな気がしたが、睦男は黙って離婚届に印を押した。

「マンハッタン」「マンハッタン」

二十日鼠はゆっくりと車を廻していた。


職探しもママとのことも、はっきりしないままに三月が過ぎた。

月曜日は雨が降っていたが、日曜の飢えの分だけ早く「マンハッタン」へ出掛けてゆく。ところが、店は仕舞っていた。

勘定を踏み倒された酒屋と肉屋が、店の表で家主と声高に話し合っている。契約のことで揉《も》めたこともあって、夜逃げ同様の店のしめかただったらしい。

このとき、睦男は、八田がママの亭主だったことを知った。「マンハッタン」は、八田の姓からとった名前だった。

「マンハッタン」「マンハッタン」

睦男のなかで、日がな一日車を廻していた二十日鼠は死んでしまった。

アパートへ帰って、ソファに沈み込んでいると、虫歯がうずき出した。

誰かがドアをノックしている。

あたりをはばかる遠慮っぽい叩き方である。ママだ。絵を返しがてら、詫びに来たんだ。

ドアをあけると、見馴れない老人が立っていた。妙にドギマギしながら、

「こうもり傘の直しはありませんか」

断ってドアをしめ、夜くる傘直しというのは聞いたことがない、ああいうのが空巣を働くんじゃないかと思ってハッとなった。

どこかで見た顔である。

玄関のドアのところに立てかけてあるフランスパンのように、茶色く固くこわばって——二十年前にうちを出た、父親ではないのか。

またノックしている。

聞いたことのある叩きかたである。

あたりをはばかる遠慮っぽい——いつかの、てっきりママと思っていたあのノックは、そうすると父だったのか。

女に捨てられたのか、金の無心か。

ドアを開けたら、入ってくる。入ったが最後、ソファに坐り、日がな一日テレビを見て、昼には固い焼きそばを食べ——

死んだ母親がよく言っていた。

「お前のすることはお父さんそっくりだよ」

ノックはまだ続いている。

犬小屋

からだが大儀になったせいか、達子は次の駅で降りる人を見分けるのがうまくなった。あと三月もすれば、嫌でもおなかがせり出して、黙っていても席を譲ってもらえるようになる。今が一番分《ぶ》の悪い時期であろう。

車輛ごとについているスピーカーが、割れた声で次の停車駅を叫びはじめると、達子は吊皮につかまりながら、坐っている人の目を見渡す。無表情で坐っているように見えて、降りようとする人には降りようとする表情があるのが判るようになった。

乗物はかなりのスピードで走っているわけだが、乗っている人は自分が動いたり走ったりするわけではないせいか止った表情をしている。それが、これから降りようというときには、目から先に動き出す。素早くその人の斜め前に立つことが出来ると、間違いなく座席にありつけた。

日曜の夕方とあって電車は混んでいた。達子はいつものやりかたで坐ることが出来たが、あわてなくてもその駅はかなり大きな乗換駅で、潮が引くように行楽帰りの家族連れが降りてゆき、蒸していた車内は涼しい風が吹き込むようにゆとりが出来た。

前の席におやこ連れが坐っている。

若い夫婦と五歳ぐらいの男の子である。子供を真中に挟んだ三人は、首の骨が折れたようにつんのめって眠っていた。

日頃はつつましく暮しているが、子供にせがまれ、精いっぱい着飾って動物園に出掛けた帰り、といった感じだった。ただひとつ不似合いなのは、高価そうな大きなカメラだが、それを押えている男の手は、ペンを握る人のものではなく、からだを使って稼ぐ男の指に思えた。

達子と同じ年格好の、三十には二つ三つ間のある妻は、膝頭を開け足を菱形《ひしがた》にひらいて眠りこけていた。肥って呑気そうな女である。

妊娠しているな、と気がついた。

達子はみごもってから、坐りたい一心からか降りる人もすぐ判るようになったが、自分と同じようにみごもった女もすぐ判るようになっている。

うちと同じだ。

産み月はあの人のほうが一月二月早いかも知れないが、夫の年格好も男の子の年もそっくりだ。違っているのは、達子の夫は、うちで眠っていることである。

大学病院につとめる麻酔医で、気の張る仕事のせいか、オペの重なった週の日曜は一日中うちで、それこそ麻酔がかかったように眠ってばかりいる。そのうち、そのうちと一日延ばしで、五つになる長男はまだパンダを見ていない。

吊皮につかまって揺れている人の間から、見えがくれする母子連れを達子は眺めていた。うちとどちらを幸せというのだろう。

信号待ちか、駅を出たばかりの電車が急に停った。前の席で眠っていた夫のほうが、びっくりしたように顔を上げ、乗越したと思ったのか窓の外に目を走らせた。

達子は危く声を上げるところだった。

カッちゃんだった。

魚富のカッちゃんだった。

達子は、前に立つ人のかげに顔をかくすようにしている自分に気がついた。席を立って隣りの車輛に移ろうかと腰を浮かせかけ、かえって目につくと思い直した。

カッちゃんが達子の実家に入りびたるようになったのは、達子がまだ短大へ通っていた時分だから、十年とはいわないが、それに近い昔のことになる。

当時飼っていた影虎という名の秋田犬を引っぱって、夕方の散歩を兼ねた買物に出掛けたときに、影虎が魚富の店先で、皿盛りの烏賊《いか》の足を引っぱってしまったのである。

烏賊が路上に散乱した。

達子は犬を叱り、おかみさんと若い衆に謝ったが、若い衆のほうは犬好きとみえて、

「烏賊なんか食うと腰が抜けるよ」

と言いながら、中位の鯖《さば》かなにかの腹のところをポイとほうってよこした。

ちゃんとした躾《しつけ》をしなかった罰で、影虎はあっという間に魚を呑み込んでしまっていた。

達子は詫びと礼を一緒に言って、犬を引っぱって帰ったのだが、あと通りひとつでうちというところで、影虎の様子がおかしくなった。

腰が抜けたようにうしろ足からへたり込み、おかしな唸り声を立てた。達子がいくら叱っても動こうとせず、そのうちに口から泡を吹きはじめた。

近所の人の手を借りてどうにかうちへ引きずって帰ったが、もがき苦しむ様子はただごとではなかった。藤棚に縛りつけて獣医師の往診を仰ぎ、注射を二、三本打ったところで、影虎は外側が溶けかかった魚をケポッと吐き出した。その腹の中から、ミニカーほどの大きさの、玩具《おもちゃ》のような河豚《ふぐ》が一匹出てきた。

その晩遅くなって、魚富の若い衆が謝りに来た。犬は河豚を吐き出してしまうと、嘘のよう

に元気になったし、いきさつがいきさつだから事を荒立てるつもりはないが、一応言うだけは言っておいたほうがよいだろうということで、達子の父が魚富に電話をしたのである。

若い衆は、玄関の三和土《たたき》に頭をすりつけんばかりに謝った。

本来ならばおかみさんの同道でくるべきだが、またおやじさんの具合が悪くなったので、と籠に入ったみごとな平目を詫びのしるしといって差し出した。

魚富はもと初老の夫婦でやっていたのだが、主人が腎臓をわずらった。そういえば、主人は立って働くのは刺身を作るときだけで、あとは上りがまちに腰をおろして、青んぶくれの顔で往来を眺め、たばこばかり喫《す》っていたが、やがて二階で寝たり起きたりになり、入れ替りのように若い衆が働くようになった。

おかみさんの遠縁だという若い衆は、背が高く様子のいい青年で、ゴム引きの前掛け姿から洒落《しやれ》たジャンパー姿にかわって玄関に立ったときは、達子は人学にいっている兄の友達かと間違えたほどである。

くどいほど詫びを言い、ようやく帰っていったが、玄関の鍵をしめていると、

「申しわけありませんでした」

若い衆の大きな声が聞えた。

若い衆はおもての犬小屋の前の芝生に正座して謝っていた。すこし芝居じみているなあ、と

思った覚えがある。これが魚富のカッちゃんだった。

カッちゃんは、三日にあげず顔を出すようになった。

お見舞いと称して、白身の魚を持ってきては、影虎に食べさせていた。恐縮する達子の母に、残りものだから、好きでやっているのだから、と言い訳を言い、

「大丈夫。わたはちゃんと抜いてありますよ」

食べさせる前に必ず見せに来た。

現金なもので、犬はカッちゃんになつき、アラを入れる石油カンを持った彼の姿が見えると、大人の腕ほどもある太い尻尾を、犬小屋の羽目板に打ちつける音が、茶の間にいても聞えるほどだった。

半月もたたないうちに、影虎の散歩係はカッちゃんの役目になった。

もともと影虎は、達子の兄が友人のところからもらってきたのだが、来た当座は猫ほどの大きさだったのが、みるみる大きくなり、ブラシをかけるのも散歩も、馬鹿にならない大仕事になっていた。

面倒はおれが見るから、と言っていた兄が、影虎が成犬になる前に、大学の同級生の女友達と半分同棲のようなことになり、うちへ帰ったり帰らなかったりになってしまうと、正直いっ

て大きな犬は、うち中の厄介もの、といったところがあった。

カッちゃんが面倒をみてくれるようになると、餌と手入れがいいせいであろう、影虎は見違えるほど毛艶がよくなった。

馬鹿にならない、と母がぼやいていた餌代も、カッちゃんの持ってくる魚のおかげで無料《ただ》同然になっていた。

シャツでも買ってちょうだい、と母が封筒に包んでわたした小遣いで、カッちゃんは犬小屋を建て直すと言い出した。

まだ仔犬の時分に、こんなに大きくなるとは思わず、出来合いの一番安いのを買って間に合せていたので、大分窮屈になっていた。影虎は犬小屋に入りたがらず、小雨ぐらいだと外で濡れていることがあった。

日曜の一日をつぶして、カッちゃんは材木とペンキを買ってきて働いていた。

うす暗くなる頃、ラケットを抱えて帰った達子は、門柱につながれている影虎の口のまわりに血がついているので肝をつぶしたが、落着いてよくみると血と思ったのは赤いペンキだった。

玄関の横に、笑ってしまうほど大きな犬小屋が出来ていた。屋根に塗った赤いペンキを、そばの立木につながれていた影虎が働くカッちゃんにふざけかかって、なめたものと判った。

その晩、カッちゃんははじめて家に上り、家族と一緒に夕飯を食べた。家族といっても、兄は帰ってこないので、父と母、達子の三人だったが。

毎日魚だろうから、と母は気を利《き》かしてすき焼の支度をしていた。カッちゃんは一人ですき焼の鍋を仕切り、父にビールをつぎ、冗談を言って皆を笑わせた。

兄がうちを出てから、目立って口数がすくなくなった父も、この日は珍しく白い歯をみせ笑い声を立てた。

カッちゃんはよくしゃべった。

大きい声では言えないが、魚富のおやじさんはそう長くないと医師に言われている。夫婦に子供がないので、自分を養子にして魚富をついでもらいたいとほのめかされているが、決心がつかないでいる。

「魚も顔が無きゃいいんだけどなあ。顔があって目があるでしょ。はじめはおっかなくてねえ」

はじめから切身の魚はいないよ、と父がまぜ返した。

魚富は三代目で、裏の二軒の家作をつぶせばかなりの坪数の敷地になる。そこへマンションを建てれば上《あが》りだけでも暮せるし、スーパーに押されている街の魚屋の将来性も考えて、小綺麗な店を出すのもいいと思っているが、喫茶店がいいかな、スナックがいいかな、と達子の目をのぞき込むように話したりした。

すき焼が終り、食後の西瓜《すいか》が無くなってもカッちゃんは腰を上げなかった。

鰈《かれい》と平目の見分けかたを説明し、皮はぎが、

「キュウキュウ」

と、靴が鳴るときのような声を立てて鳴くと口真似をしてみせたりした。

話題がと切れて、じゃあそろそろ、と言われるのがこわい、といった風に、引っきりなしにしゃべり、煙草に火をつけた。煙草が煙を立てている間は、お開きにしましょうと言われないことを知って、そうしているように思えた。

こういうとき、カッちゃんの目は笑っている癖に泣きべそをかいているようにみえた。

泣きべその目で、カッちゃんは犬地図のはなしをした。

誰かの受け売りらしいのだが、犬には犬地図というのがあるという。

これは人間の考える地図とは全く別のもので、どことどこの電柱と垣根にはおれの匂いをつけてある。どこにいじめっ子がいて、どこにご馳走をくれるうちがあり、どこに憧れの牝《めす》がいるか、ちゃんと頭の中に描いてあるのだ、としゃべった。

朝の早い父があくびを洩らし、それをしおに母が布団を敷きに立ち、やっとカッちゃんは帰ったわけだが、

「犬地図ねえ」

と呟いた母に、

「ありゃ自分のことだな」

父は、よく判っているようであった。


その次の日から、カッちゃんはごく当り前といった感じで、台所から上ってきた。

「お鍋お鍋、でっかいお鍋」

といいながら、シチューをつくるときの大きなズン胴鍋に、持ってきた魚を入れ、煮はじめた。うち中に生ぐさい匂いがただよった。

カッちゃんは、煮た魚が冷める間に、犬を散歩に連れ出した。帰ってくると、鼻唄をうたいながら丁寧にブラシをかけ、餌をやり、残った分を密封容器に入れて冷蔵庫をあけ仕舞って帰っていった。何年も前からこうしている、といった身についたしぐさだった。

着換えを取りに帰った兄が、影虎に、

「お前、匂いが変ったな」

と言ったのは、たしかその頃だった。

顔をなめようと、黒くとがった口吻《こうふん》を寄せた犬を、兄は手で押え顔をそむけながら、

「魚くさくなったぞ」

と呟いた。

毎日のことで気がつかなかったが、カッちゃんが世話をする前は、こんなに魚ばかりではなかった。兄は母親からカッちゃんのはなしを聞くと、

「いいの、見つけたじゃないか」

からかうような口振りで笑いかけ、これで安心して出てゆける、といわんばかりに、いつもより大きい包みをかついで出ていった。


カッちゃんはたしかに便利な存在だった。

台風がきたあと、松の枝が折れて屋根にのっかってしまった時もカッちゃんだったし、風呂場のタイルが洩ったときもカッちゃんだった。父をお父さんと呼び母をお母さんと呼ぶようになっていた。達子のことも、母と同じにタッちゃんと言っていた。

父と母が、親戚の婚礼に招《よ》ばれて泊りがけで出掛けたのは西瓜の頃だから、影虎が河豚を呑みこんで騒ぎを起してから、ちょうど一年後のことである。

戦災で残った家で、ガタはきていたがかなりの坪数があったから、達子は兄に帰ってきて欲しいと思い連絡したのだが、女が握りつぶしたのか電話もなかった。

カッちゃんが、犬の散歩にきたのは、魚富の店を仕舞い夕食をしてからだから、九時を廻っ

ていた。

いつものように、魚を煮る匂いがうちの中に漂った。カッちゃんがくると嬉しいのだろう、影虎はますます太くなった尻尾を、犬小屋にぶっつけている。

「達子がいると、カッちゃん、ブラシかける時間が倍になるねえ」

と母が言ったのを思い出して、達子はすこし鬱陶《うっとう》しい気分になった。

影虎を散歩に連れ出すカッちゃんの声が聞えている。外国映画の主題歌らしい曲を口ずさんでいるが、達子に聞かせるために無理をして覚えてきました、という背伸びを感じた。

声をかけるのは知っていたが、達子はわざと知らん顔をした。カッちゃんと影虎が出てゆくのを窓から見送って、からだにまつわりつく魚の匂いを落すように、シャワーを浴びた。自転車でゆっくりと駆け、公園でキャッチボールをして遊んで帰ってくるから、小一時間はかかる。

達子は湯上りガウンで、茶の間のテレビを見ながら、父の飲み残したワインを飲んだ。

いつの間にかうたた寝をしていたらしい。影虎に飛びつかれて目が覚めた。

「どうしてお前、茶の間に上ってきたの」

夢うつつで、犬を押しのけ、口のまわりの熱い舌を手で払いながら、

「魚くさいのよ、お前は」

言いかけて気がついた。

犬ではなく、カッちゃんだった。

「失礼します」

尚《なお》もかじりついてくるカッちゃんを、どうやって追っぱらったのか、気がついたらワイングラスは割れて床にころがっていた。

次の朝、起きたら、体の節々が妙に痛かった。肘と膝には青痣《あおあざ》が出来ていた。

いつも父がするように、門の郵便受まで朝刊を取りに行った。

小屋から出て来た影虎が尻尾を振っている。昨夜の今朝なので、犬の罪ではないが顔を見るのも嫌で目をそらしたのだが、口吻が赤くなっている。

「屋根のペンキ、かじっちゃ駄目よ」

言いかけて気がついた。ペンキではない。血のようなものが、乾いてこびりついている。猫でも殺したのかと小屋をのぞいて、達子は仰天した。

スニーカーをはいた男の足がのぞいていた。大き過ぎる犬小屋に体を突っ込んで、カッちゃんは大いびきをかき、気持よさそうに眠っていた。

やけ酒をのみ、犬小屋にもぐり込んで寝てしまったのだ。揺り起してなどやるものか、とゆきかけ、足許にころがっている睡眠薬のビンを見て、今度は本当に凍りついた。

カッちゃんは、深夜までやっているスーパーで薬を買い、自殺を計ったのだ。影虎の口吻の血は、大いびきで眠るカッちゃんを起すつもりかふざけたのか甘噛みしているうちに傷つけたものと判った。

薬の量が少なかったのと影虎に噛みつかれてときどき目を覚ましたことも幸いして、カッちゃんは生命に別状なく、三日ほどして田舎へ帰っていった。

達子は何も言わなかったが、両親はおぼろげに事情を察したようであった。

カッちゃんが居なくなって、影虎は毛艶が悪くなった。その年の暮に達子は麻酔医の卵だった今の夫と見合いをしたが、気持を決めた原因のひとつは彼のアルコールの匂いだったかも知れない。

次の年の桜を待たずに魚富はおやじさんが亡くなって店をしめた。カッちゃんを養子にしようというはなしなど全くなかったことも判った。店は取りこわされ、何軒かまとまって今はビルになっている。

影虎も二年あとにテンパーで斃《たお》れた。

今から思えば、あの滑稽なほど大きい犬小屋は、カッちゃん自身かも知れなかった。

達子は、自分も彼の妻もみごもっていなかったら、声をかけていたかも知れないと思った。

達子の乗換駅がきた。

人と人の間から、おやこ三人、折り重なるように眠りこけ、ずり落ちそうな不似合いなほど大きいカメラをしっかり押えているカッちゃんの手が見えた。

男眉

帰りの遅い夫を待ちくたびれて、食卓にうつ伏したまま転《うた》た寝《ね》をした麻は、おかしな夢を見た。

夫が石のお地蔵さまと麻雀《マージャン》をしている。

地蔵尊は三体である。赤い前垂れをかけて坐っている。みんなおだやかな顔で夫に笑いかけている。笑い声は女の声だった。

小学校一年のとき、母が妹を産んだ。

学校から帰ると、立てきった障子の向うで赤子の泣き声が聞え、祖母や、聞き覚えのある産婆の声が、

「よかった。よかった。こんどの子は地蔵まみえだ」

と言っていた。

麻は陽当りのいい縁側にランドセルと草履袋を置き、障子に背を向けて足をブラブラさせながら、

「地蔵まみえというのは、どういうのだろう」

と思っていた。

縁側は白くささくれ立っていた。

よそのうちの縁側は、茶色くてピカピカ光り、おろし立ての靴下だと滑ったりするのに、うちのは、ささらで洗ったようにけば立っている。母は、安普請の借家で材木が悪いからだと言っていたが、祖母は、お前のお母さんのせいだと陰口をきいていた。

こめかみに青い疳筋《かんすじ》を走らせながら、親の仇《かたき》といった顔で拭くんだもの、うちもたまらないよ、いまに磨《す》り減って無くなってしまうよと言う。たしかに、けば立っているのは縁側だけではなかった。ガラス戸の桟も柱も畳も、風呂桶もお櫃《ひつ》も、いや母の手や足の踵《かかと》までも白くささくれ立っていた。母に絹ものを着せてもらうと、引っかかってシャガシャガと音を立てた。

障子の奥から、祖母や産婆の声は聞えたが、母はひとことも声を立てなかった。

地面に届かない麻の足の下に、枯らしてしまった福寿草の鉢があった。うぐいす色の縦皺《たてじわ》を寄せて立ち枯れた正月の花は、口をあけたまま死んだカナリヤの雛《ひな》に見えた。

このあと、麻は豆腐を買いに行かされた。

生れたばかりの妹を見たいと思ったが、でこぼこに凹《へこ》んだアルミの鍋を渡す祖母の口調はいつになく有無を言わさないものがあって、嫌だと言えなかった。後産《あとざん》とか、埋めるとか言う言葉を聞いたような気がする。

祖母は、いつものように麻の眉と眉の間の毛を、大きな毛抜きで抜きながら、地蔵まみえというのはお地蔵さまのような、弓型のやさしい眉のことだと教えてくれた。麻のように、ほうって置くとつながってしまう濃い眉は男まみえというのだそうな。祖母は、眉のことをまみえと言っていた。

地蔵眉の女は素直で人に可愛がられるが、男眉に生れついた人間は、男なら潰れた家を興すか、大泥棒、人殺しといった極悪人になりかねない。女は亭主運のよくない相だという。こういう話をする時、祖母の口調はお経のように節がついた。

麻は、両眼の間で光る毛抜きが気になって仕方がない。十日に一度ほどお世話になるのだが、ついこの間、〆鯖《しめさば》を作る時、祖母が小骨を抜いていたのはこの毛抜きだった。祖母にそのことを言うと、違うよ、別の毛抜きだよ、と取り合わないのだが、仕立物の内職をしている母と祖母は、一挺しかない鋏《はさみ》を、どっちが仕舞ったの使ったのと言い合いをしているくらいである。鋏が一挺しかないのに、毛抜きが二つあるわけないじゃないか。

そう思い出すと急に魚臭い。気のせいか、母が妹を産んでから、うちの匂いが変ってきた。今までは、古いうち特有の、鰹節《かつおぶし》の匂いだけだったが、なまぬくいお櫃の蓋を取ったときのような、饐《す》えた匂いがする。赤子のおむつのせいか乳の匂いなのか。麻は父の刻みたばこの匂いを嗅ぎたいと思ったが、父は当時夢中になっていた麻雀で家をあけていた。父の出先は「テンホウ」というところらしかった。祖母や母はこの名前を口にする時、恨みがましい低い声になった。このうちの重たい空気は、みなこの「テンホウ」というところのせいだと思えた。「テンホウ」が天和《テンホウ》であり、麻雀の上り手のひとつだと判ったのは、二十年ほどあとのことである。

赤んぼうは母の隣りで眠っていた。

麻の持っていた大振りの日本人形と同じ大きさだった。背丈は同じだが丸みがあって、畳半分ほどの子供布団はこんもりと盛り上っている。覗き込むと、茹《ゆ》で上ったような赤むらさき色の顔にうすい肌色のうぶ毛が一面に生え、目の上で上下《うえした》から寄り集り、生えたての苔のように撚《よ》れているだけである。みんながよかった、可愛らしいとほめそやす地蔵眉はこれなのか。別にどうということはないように思えた。

眠っている母の枕もとに、盆にのせた瀬戸の蓋ものが置いてある。牛乳色の濁った白に、あたたかい朱の線が一本、クレヨンで筋を引いたようにぼんやりと入っている。麻はこの容《い》れものが好きだった。中には白飴《しろあめ》が入っている。乳の出がよくなるようにと、祖母が買ってきたものだった。麻は蓋を取り、飴をひとつ手に取った。とたんにピシリと手の甲を打たれた。母であった。容赦のない叩きかただった。母は泣いたあとの目をしていた。麻は、母も男眉であることに気がついた。

夫は麻に向って、

「お前は曲《きよく》がない」

と言うことがある。

「曲がないというのは、どういうことですか」

うすぼんやりとは見当がついているのだが、わざと聞くと、

「そういうことを聞くのを、曲がないと言うのだ」

と言い返された。

買物に出たついでに、半年に一度も覗かない本屋へ入って、分厚い字引きを抜き出して引いてみた。

字がかすんでよく見えない。

こうと知ったら、老眼鏡を持ってくるのだった。もっとも、老眼鏡を取り出して立ち読みというのは、すこし浅ましい気もする。字引きから顔を離したり、目を細めて力を入れたりして

いたら、店の主人に声を掛けられた。

「眼鏡、貸しましょうか」

風采《ふうさい》の上らない六十がらみの小男だが、それでも男というのは顔の幅があるものなのか、借りた眼鏡は、下を向くとずり落ちそうになった。

曲がない＝①面白味がない。浄、会稽山「鞠子川衣紋流しの、アア曲もなや」②愛想がない。すげない。浄、天網島「其涙が蜆川(しじみがわ)へ流れて、小春の汲んで飲みやらうぞ、エエ曲も無い恨めしや」

およそ、思っていた通りだったが、こういうことをするから曲がないと言われるのだろうとおかしくなった。分厚い字引きは意外に持ち重りがして、ケースにもどそうとした時取り落してしまった。雨上りで床が濡れていた。老眼鏡を借りた弱味も手伝って、結局、麻はこの字引きを買う羽目になった。

こういう場合、愛嬌《あいきょう》のある女なら、店の主人に気の利いたお愛想のひとつも言い、何とかごまかして店を出られたのだろうが、麻は眉のきつい自分の顔や骨太のいかつい体つきには、そういうものは似合わないし、効果もないと決めていた。第一、何と言えばいいのか見当もつかなかった。

字引きは三千円もした。買物袋に入れたら、大根とじゃがいもを買ったほどの重さになり、八百屋も魚屋も素通りでうちへ帰った。買物袋を持ち替え持ち替えして歩きながら、すれ違う女たちの品定めをした。

夫がその女と二人切りで、無人島へ流れついたとする。あの女には、一月で手を出す。この女は、その日のうち。次。あれなら、いかに夫でも三月は手は出すまい。次のは、女のほうから手を出しそうだ、などと、答を出しながら歩くのである。

こんな馬鹿馬鹿しいことを考えている時、人はどんな顔をしているものかと、商店の鏡にうつる自分をのぞいてみたら、いつもと同じ不機嫌な顔だったので、妙な気持になった。

夫の好みは、骨の細い色白の女である。

テレビを見ていて、あれは悪くない、と言うのは、大抵そのての女であった。その種の女たちは、声も甘く、はっきりしないもの言いをする。髪の毛も少し茶色がかってやわらかそうである。眉もうすい。

夫との見合いがまとまり、式の日取りが決った頃、うちへ遊びに来たことがあった。年のせいか道楽も下火になっていた父は、やがて義理の息子になる夫に酒をつぎながら、冗談まじりに麻の体のことを口にした。

酒のつまみを皿にのせて茶の間に入りかけた麻は父の「毛深い」ということばを耳にした時、刃物があったら父に突き立てていただろうと思った。死んでも絶対に泣いてやらないから。夫はキナ臭い顔をして、黙って盃を口に運んでいた。

夫は、この麻の一番のひけ目をからかうことはなかったが、骨太についてはよく口にした。

「骨壺ひとつでは納まらないぞ、お前は」

「女の癖に骨壺ふたつなんて恥しいわね。お願いだから、隠亡《おんぼう》さんに心付け弾んで、ひとつに入らないようだったら、残りは捨てるように言ってね」

機嫌のいい時は、こんな風に言えるのだが、虫の居所が悪いと返事もしたくなかった。一日でもいいから、あとに残ってやる、と本気で思うこともあった。

父の葬式のあとで、酒に酔った夫が、喪服の女の月旦《げったん》をしたことがある。父はもう少しで米寿というところで、眠っているうちに大往生をしたこともあって、おめでたい、という挨拶も聞かれる葬式だった。骨上げが終ってうちにもどり、酒が出たところで、夫は、喪服を着た女はふた通りに分けられると言い出した。

「健気《けなげ》と、哀れと、ふたつに分けられるね」

麻は、言われぬ先に言ってしまいたかった。

「あたしは健気のくちだわね」

「判ってるじゃないか」

新しい骨壺の前に車座になっていた十人ほどの親戚の男連中が、火葬場から帰った昂《たか》ぶりも手伝って、葬式に姿を見せた喪服の女たちについて、哀れと健気に区分けをはじめた。

口火を切った張本人だけに、酒が入ると陽気になる夫が一番よくしゃべった。

「喪服を着て、よよよよと泣き崩れるのが似合う女は、哀れのほうに入れたいね」

「泣くときはよよ、だろう。四つは多いんじゃないのか」

小肥りに肥って、体も頬っぺたもロースハムのような分家の叔父が反論して、みなを笑わせた。

つい二日前に夫を失って寡婦になった七十五の母も、健気のほうに入れられた。居合せた五人ほどの女のなかで、哀れ、ということになったのは、麻の妹だけである。麻が小学校一年のとき産れた、地蔵眉の妹である。

四十を出ている筈だが、あごのあたりがすこしたっぷりとしてきたくらいで、若い時分とあまり変らない。

夫が麻のことを、

「こいつは、喪服より、袴《はかま》をはいて白い鉢巻しめて、白虎隊《びゃっこたい》の剣舞でもやってるほうが似合うよ」

というのを、別に否定もせず、笑いながら聞いている。

この妹は、笑うとき声を立てなかった。ことがあっても自分からはすぐに白黒を言わず、まわりの意見が出揃ったところでゆっくり考えてから、誰かに同調した。すばしこそうに見える麻が、子供もないのに、二十年をただぼんやりと、夫のことで気を揉《も》みながらこれといったものも身につかず過ごしてしまったのに引きかえ、妹は、親戚の女では誰より早く車の免許をとり、造花と着つけの教師の免状も持っているらしい。

夫に万一のことがあって喪服を着ることになったとき、見かけはシャキッとしているようにみえて、実はおろおろするのは麻のほうであり、身も世もないといった風に肩を落し、白いハンカチを握りしめながら、しっかりしているのは妹の方なのである。

そんな麻の気持を見すかしたように、分家の叔父が、思い出し笑いを前置きにして、

「だけどな、よくしたもんで」

ちょっとことばを切って、

「健気な女房を持った亭主は、女房に死なれたら、哀れのほうに入るね」

夫があとを引き取って、

「そうすると、哀れのほうの女房を持った亭主は、健気ってわけか」

「強いのと弱いので、もたれ合ってるんじゃないのかねえ」

本当は気の弱い亭主が、こういう席では見すかされまいとして、大きく羽をひろげた物言いをすることもある。やましい男が、人前でわざと女房を持ち上げて罪ほろぼしをすることもあ

る。

麻は夫のことばから、女でも、麻雀でもいい、いま夫を一番強くとらえているものを何かをつかみたいと思ったが、ことばの裏はもう一度ひっくりかえせば表になり、結局はつかみどころのない、昨日と同じ今日であった。

妹がそっと席を立って出て行った。手洗いに入ったらしい。こういう呼吸がうまい女である。麻だとどこかでギクシャクして、誰かに声をかけられ、立ちそびれてもじもじするということになってしまう。

水を流す音が聞えた時、入れ替りのように夫が立ち上った。これも手洗いらしい。麻は、

「あ、嫌だな」

と思った。

女房ならともかく、よその女のすぐあとに入らなくてもいいではないか。言葉に出してとがめるほどではないが、麻も何となく腰を浮かした。

襖《ふすま》を半分開け放っているので、その気になると廊下は見通すことが出来た。向うから、手のしめり気を気にしながらもどってきた妹は、夫とすれ違いざま、ほんのすこし、すれ違ったほうの肩を落し、目だけで笑いかけた。

「お先に」

でもあり、

「嫌ねえ、義兄《にい》さん」

ともとれる。

「ふふふふ」

という声にならない含み笑いにも受取れた。夫の目は、背中からはうかがえなかったが、麻には一生出来ない妹の目であった。


麻は、お地蔵さまを好きになれなかった。あの人のいい顔は、どこか胡散《うさん》臭い。

「そうかそうか。可哀そうに可哀そうに」

と言いながら、口先だけで、すこしたつとケロリと忘れて居眠りをしているような気がする。赤いよだれ掛けも猥《みだ》りがましい。

戦争中の買出し時代、焼け残ったなけなしの品物と物々交換で、さつまいもを売ってくれた三鷹あたりの百姓のおじいさんがあんな顔をしていた。人のよさそうな、実にいい顔をして笑う老人だったが、抜け目がなかった。

母と一緒にリュックをかついで買出しに出掛け、そのおじいさんのうちの縁側に腰かけていた時、空襲警報のサイレンが鳴った。

負けがこんでいる時で、もう上空にはP51の姿があった。このあたりでは誰も防空壕には入らないらしく、

「あんたら、おっかなかったら、入ってもいいよ」

と茶をすすっている。

ポン、ポンと山吹の芯を抜くような音がして、白い花火が、P51の下で三つ四つ弾けた。高射砲らしいが、敵機は悠々と飛んでゆく。その時、日の丸をつけた玩具《おもちゃ》のような飛行機が、横から体当りをした。

「あ」

と母が息をのんだ。

ふたつの飛行機は、それぞれ白い煙の尾を引いて、離れたところに落ちて行った。母が合掌した。麻も手を合せた。どこからか「海行《ゆ》かば」が聞えたような気がした。

地蔵のおじいさんも、

「なんまんだぶ」

と呟いて片手拝みの格好をしたが、もう一方の手は、親指の腹で、麻たちが持って行った、子供の背丈ほどもある娘道成寺《むすめどうじょうじ》の羽子板《はごいた》の、押絵を押して厚味をたしかめていた。

お地蔵さまは、犬にも似ている。

子供の時分、うちの近所にいた白い牝犬《めすいぬ》もああいう顔をしていた。おとなたちは、おとなしい、いい顔をした犬だといっていたが、羽根突きの羽子《はご》の黒い玉、無患子《むくろじ》というのか、あれそっくりの黒く固そうな乳首をゆすって、誰彼の区別なく尻尾を振っていたあの犬の、次から次へと仔を産み、捨てられても格別恨む風もなくまた産んでいたしたたかさ、くるりとうしろを向けば、何を考えているか判らない油断のなさそうなところは、お地蔵さまに似ているような気がする。

夫の帰りの遅い夜、麻は、気がつくと眉と眉の間の毛を抜いたり、細くしたりしている。

いつか汽車の中で見かけた若い女も、眉を細く描いていた。眉だけでなく、分厚い唇のまんなかだけに、形のいい唇の形を紅で塗っていた。その女が連れの男に笑いかけたとき、汽車がトンネルに入った。

暗くなると、女の細い描き眉は消えて、眼の上に芋虫を半分に削《そ》いで貼りつけたような、太い畝《うね》だけがくねくねと動いて浮かび上った。唇のほうも、持って生れた大きめの唇が笑っていた。

抜いても抜いても、麻の眉は、男にうとんじられる男眉なのであろう。

夫はあけ方、帰ってきた。

ドアをあけると、ひげの伸びかけた三つ四つ老けた顔で、麻雀の牌《パイ》をならべる手つきをしながら上ってきた。

今度こそ言ってみようと考えていた、甘えや拗《す》ねのことばがあった筈だが、さてとなると、どこでどう栓をしてしまうのか、出てこなかった。

麻は、ネクタイをほどきながら茶の間へ入ってゆく夫を突きとばすようにして先に飛び込むと、掘りごたつの上に置いてある手鏡と毛抜きをあわてて隠した。

大根の月

あのことがあって、かれこれ一年になるというのに、英子は指という字が怖かった。新聞や雑誌をひらくと、指という字だけが向うから飛び込んで来た。その字だけ活字が違って大きく見えた。胸が痛む、といういいかたは本当である。そういうとき、英子は胸のまんなかあたりが締めつけられるように痛くなり、うっすらと冷汗をかいているのが判った。よく見ると、指そのものではなく、指名であったり指示、指定で、ほっとして力が抜けるのである。

怖いのは指という字だけではなかった。

小学校一年生の姿を見るのが辛かった。特に男の子がいけない。真新しい学帽とランドセルが歩いているような姿が、母親に手を引かれているのを見ると、みんな健太に見えた。見たくない、目をつぶりたいという気持と、見たい、見ずにいられないものがせめぎあって、英子はまた胸のまんなかが痛くなった。健太というのは、別居している夫のところに置いてきた息子である。

この春テレビをひねるとよく出て来た「ピッカピカの一年生」というコマーシャルは、そっぽを向いていればやり過せたが、道で出逢うときはどうしようもなかった。別に住むようになって化粧品のセールスをして暮しを立てているので、出歩かなくては干上ってしまう。そうかといって、上を向いて歩くわけにもいかない。上にも、見たくないものがあった。

英子が別れた夫の秀一と一緒に昼の月を見たのは、結婚指環を誂《あつら》えに出掛けた帰りである。数寄屋橋のそばにあるデパートを出たところで秀一は煙草を買い、英子は、

「あ、月が出ている」

と空を見上げた。

「なに言ってるんだ。昼間、月が出るわけないじゃないか」

秀一は、煙草の釣銭をラグビーのボールの格好をした財布に仕舞いながら、英子に釣られて空を見上げた。

「本当に出てる。昼間も月が出るんだなあ」

びっくりしたように呟いた。

秀一よりびっくりしたのは英子である。

ぼつぼつ三十に手がとどこうというのに、この人は今まで昼の月を見たことがないのだろうか。

「あくせく下ばっかり見てきたからなあ。昼間、空なんか見上げたことなかったな」

秀一は、幼いときに父を失くし、母親の手ひとつで大きくなった。アルバイトというアルバイトはみんな経験したといっていた。大学は働きながらの夜間部である。

英子は、体の奥からなにかが突き上げてきて、黒い財布を持った秀一の手を握りしめた。数寄屋橋の雑踏のなかで、ふたりはそうやってすこしの間立っていた。あとになって考えると、これが一番幸せなときであった。

ビルの上にうす青い空があり、白い透き通った半月形の月が浮んでいた。

「あの月、大根みたいじゃない？　切り損った薄切りの大根」

英子の祖母は器用な人だった。

節は高くなっているがよく撓《しな》う指で、裁ち縫い、伸子張《しんしばり》から障子貼りまで手際よくやってのけた。特に庖丁さばきが自慢で、嫁である英子の母に、

「あのひとは手脚気《てがっけ》だから」

と陰口を利《き》いていた。

暮が押し迫ると英子の母には煤払いをまかせ、正月の支度は餅を切るのから重詰めまで、祖母はひとりで取りしきった。火の気の無い昔風の台所にうすべりを敷いて、まだお河童《かっぱ》の英子をそばに坐らせ、嫌味なほど鮮かな手つきで菜切り庖丁を使い、膾《なます》にする大根の千六本を刻んでみせた。

膾にする千六本は、まず丸いままの大根を紙のように薄く切るのだが、これがむつかしい。やってごらんと菜切り庖丁を持たされ、言われた通りの手つきで庖丁を動かすのだが、分厚くなったり、切り損って薄切りの半月になってしまう。

祖母に見つかると、母親ゆずりの手脚気の血だ、と言われる。母親のそしりを聞くのが子供心に嫌だったのであろう、英子は半月が出来るとあわてて口に入れたものだった。そのせいか、大人になってからも、大根を切っていて切り損いが出来ると、ひとりでに手が動いて食べてしまう癖がついた。

秀一にこのはなしをしたのは、有楽町の喫茶店である。

「いいなあ」

秀一は、何度もこう呟いて、嫌々をするように首を振った。感心したとき、機嫌のいいときにするしぐさである。首を振りながら、黒いラグビーのボール型の財布をテーブルの上で引っくり返し、中の小銭を百円玉、十円玉に仕分けていた。これも秀一の癖である。

金の出入りがあると、たとえ煙草ひとつでも手帖につけ、小銭を仕分けする。その場でやらないと気が済まないらしかった。男のくせにみみっちく思えて、これだけは好きになれなかったが、秀一の少年時代のはなしを聞いて納得した。

秀一の母は保険の外交をしていたので、日常の買物や晩のお惣菜の支度は秀一の役目だった。母親は几帳面なたちだったから、十円の出し入れもおろそかに出来なかった。アパートの卓袱《ちゃぶ》台《だい》の前で、鉛筆をなめながら広告紙の裏に、

「コロッケ四つ八十円」

と書いている秀一の姿が見えて来たからである。

「いいなあ」

小銭の仕分けを終った秀一は、コーヒーをかき廻しながら繰り返した。

「そういうはなし、もっとしてくれよ」

英子は、祖母に仕込まれたおかげで、今でも毎晩寝る前に庖丁を砥《と》ぐこと、庖丁砥ぎには十円玉を使うのが一番いいことをはなした。

「十円玉をどうするの？」

英子は、ラグビーボールの財布から十円玉をひとつ出させ、細長いメニューを庖丁に見たて

て実演をしてみせた。

庖丁砥ぎのコツは、砥石に刃を当てる角度で決まるのだが、素人はこれがむつかしい。庖丁の峯《みね》の下に十円玉を入れ、その角度を利用して砥ぐと間違いなく切れる庖丁になる。

「いいなあ」

秀一は、十円玉を仕舞いながらまた嫌々をするように首を動かした。

このはなしは、その夜のうちに、姑《しゆうとめ》に披露された。

指環を誂えたことを報告かたがた夕食を一緒にしたのだが、食卓にのっていたのが、手料理ではなく店屋ものの寿司桶だけだったから、姑の顔は感心しながらもすこしこわばってみえた。

「お父さんが死んでから、あたしはこっちのほうで手いっぱいだったものだから」

姑は、算盤《そろばん》をはじく手つきをしてみせ、

「手の込んだおかずを食べさせてないんですよ。でもねえ、おふくろの味なんか無いほうが、お嫁さんはやりいいんじゃないの？」

外交で鍛えた如才ない笑い顔を見せたが、

「あんまり切れる庖丁は、おなかの子供に障《さ》わるっていいますよ」

やんわり皮肉をつけ加えるのも忘れなかった。

白髪を染めているせいか、五十八という年より五つ六つ若く見えた。

英子は姑と別に暮したかったが、間もなく子供が生れること、姑が外交で稼ぐ分を、買ったばかりの建売住宅のローン返済にあてることで話が落着き、結局同居に寄り切られた。式を挙げて半年目に健太が生れた。

「長男誕生。三千百七十グラム。五体健全。万歳」

秀一は障子紙に大書して壁に貼り、英子が退院してもはずそうとしなかった。

健太の掌と足の裏に墨汁を塗り、色紙に押させた。毎年、誕生日ごとにこうやるといい記念になる。上司のうちでやっているんだ、と子供のようにはしゃいでいた。

世間なみの小競り合いはあったにせよ、このあと六年間は大過なく過ぎたといえる。健太の手形足形の色紙が六枚たまった。黒い紅葉の大きさもはじめの倍になっていた。

あの日は、梅雨あけのいい天気だった。

二人目の子供をみごもっていた英子は、朝早く病院へゆき、心配していた逆子《さかご》が正常にもどっていると聞いて安心して帰ってきた。

心祝いのしるし、というわけでもないが、帰り道に玩具屋《おもちゃ》をのぞき、健太が前から欲しがっていた怪獣のお面を買った。

姑も、久しぶりのいい天気だからと、仕事に出かける前に虫干をはじめた。座敷と庭の物干竿に、姑の着物や秀一の洋服がぶら下って、ナフタリンの匂いをさせていた。その間を、テレビの怪獣映画で覚えた気味の悪い声を真似ながら、お面をかぶった健太が飛び廻っている。

英子は台所で、お中元にもらったハムを切っていた。

毎晩とはゆかないが、結婚前にいささか大言壮語してしまった手前もあり、三日に一度は十円玉を使って庖丁を砥いでいる。弾んだ気持そのままに、面白いように薄くハムが切れてゆく。

「バキューン」

叫びながら、台所へ飛び込んできた怪獣のお面が、まな板の上に手を伸した。健太はハムの端が好きで、「尻尾はぼく」と決めていた。

「危いでしょ」

言ったはずみに手許が狂って切り損い、ハムは半月型になってしまった。ひとつなぎの動作で、半月を口に入れたところで、健太はまたふざけて手を伸してきた。

「危い！」

叫んだつもりだったが、口の中に物が入っていたので声にならなかった。弾みのついた庖丁に固い手応えがあって、健太の人指し指の先が二センチほど、まな板の端にころがっていた。

健太の人指し指はもとにもどらなかった。

新興住宅地で、救急車がひどく遅れ、待ち切れなくなった姑が、英子の制止を振り切り、健太を横抱きにして近所の医院へ駆け出した。医師が不在で次の医院へ走り、その間に救急車が到着したりという不運があとあとまでたたり、体質もあったのだろうが、結局うまくゆかなかった。

病院にかけつけた秀一は、頭を下げた英子にひとことも物をいわず、鎮静剤でねむる健太の枕もとに坐っていた。

分厚い繃帯に包まれた右手が、片手を挙げた格好に頭の横に置かれている。

「板前じゃあるまいし、素人が毎晩、庖丁砥ぐことないのよ」

姑であった。

「子供がはしゃいでいるときや愚図っているときは、あたしは絶対に庖丁使ったり天ぷら揚げたりはしなかったわね。だから見てごらんなさいよ。出来合いのおかずばっかりだとか、すぐ店屋もの取るとか悪口いわれたって、こうやって、三十いくつまで傷ひとつ、火傷《やけど》ひとつなく大きく出来たのよ」

英子は、夫のほうを見た。

もういいじゃないか。今、それを言ってなんになるんだ。一番辛いのは、英子なんだよ。ふざけて飛び込んできたこいつも悪いんだから――

夫のことばを、胸のなかで呟きながら待ったが、秀一は健太の左手をまさぐりながら、沈黙したままだった。

健太は三日で退院したが、入れ替りに英子が入院した。ショックで流産してしまったからである。

英子は流産を嘆いてはいなかった。

かえってよかったと思ったくらいだ。

新しい子供が生まれれば、どうしてもかかりっ切りになる。抱いて乳も飲ませなくてはならない。いま抱いて、自分の体で詫びたいのは健太なのである。

だが、一週間目にうちへ帰ったとき、健太はおばあさん子になっていた。

繃帯をした右手を胸にあて、姑のうしろにかくれるようにしてひとことも「ママ」と言わないこともこたえたが、水を飲みに台所へゆき、流しの庖丁の棚に、見馴れない文化庖丁が一本、差し込んであるのを見たときは、もっとこたえた。

「お姑《かあ》さん」

思わず声が出た。

「あたしの庖丁……」

「ほかしましたよ」

「ほかしたって、捨てたということですか」

姑は低い声で、ゆっくり言った。

「当分は、あんた、そこへ立たんでくださいな」

もう庖丁は持つな、台所仕事は自分がする、ということだった。あてつけのように、スーパーで売っているプラスチックの舟に入った出来あいのお惣菜がならんだ。

姑は外交の仕事をほとんどしなくなった。健太のためといっていたが、本当のところは、この間うちからリューマチの具合が悪く、歩くのが骨になっていたのである。


健太の繃帯がとれ、英子の体が本当になっても、秀一は英子に触れようとしなかった。

一度だけ、スタンドを消してから手を伸してきたことがあったが、すぐに手は引っ込んだ。百円玉と十円玉をきちんと仕分けして財布に納めるように、気持も、体のほうもまだ英子を許していない、というところにいるらしい。

涼風《すずかぜ》が立ちはじめる頃、英子はパートタイマーとして働きに出るようになった。ローンの分を働きたい、ということもあったが、狭いところに二人の女が鼻をつき合わせていることに耐えられなくなったほうが大きい。

つとめはじめた頃、うちの前で健太の遊び友達の女の子に聞かれたことがある。

「おばさん。健ちゃんの手、どしたの」

うしろに姑がいた。健太もそのうしろにいる。

「健ちゃんがあんまり可愛いから、ママがパクって食べちゃったのよ」

姑は健太を抱えるようにしてうちへ入り、手荒い音を立ててドアを締めた。

パートに出ている職場で、新人の歓迎会を兼ねた忘年会があったのは、街にクリスマスの飾りがみられるようになった時期である。仕事が終ってからなので、帰りが遅くなることは判っていたが、秀一が出張していることもあり、夜の茶の間に姑と二人きりで編物をするのも鬱陶《うっとう》しいと思い、参加することにした。

二次会を軽くつきあい、うちへ帰ったのは十二時近かった。玄関のベルを押したが、姑は出てこなかった。何度もベルを押し、近所の手前、声を忍んで、

「お姑さん。健ちゃん」

と呼び、裏へ廻ってドアを叩いたが、戸はあかなかった。

新しい仕事と新しいアパートを見つけ、離婚を前提とした別居に踏み切って半年になる。振り切って出てきたものへの未練を、英子は「ケチをつける」というやり方で断ち切ることにしていた。

よく言えば几帳面だが、みみっちい秀一。菓子折をもらうとすぐ開けてケーキや最中《もなか》の数を数え、

「健太が四個でおばあちゃんは三個、ママが二個だと俺は一個か」

などと割り当てをする。

勤めから帰ると、ネクタイもほどかぬうちに手帖を出し、その日の金銭出納《すいとう》をつける。

「十円くれないか」

というので聞いてみると、どうしても十円勘定が合わない。気分が悪いから、家計簿のほうから融通してくれ、といったりする。

今度の事件にしても積極的に責めもしなかった代り、決してかばってはくれなかった男に、一生託すのは嫌だ、と自分に言い聞かせた。

孫の怪我を口実に、一人息子を取られた恨みを晴らした姑も嫌だった。姑にどう言いくるめられたのか、あれ以来、甘えることをしなくなっていた健太も、もういい。そのうちには、指という字を見ても、心が騒がなくなるだろう。

秀一から電話があったのは、街で見かける一年生が、普通の小学生に見えてきた初夏の頃だった。

離婚の書類に判をくれ、というのかと見当をつけて、待ち合せの喫茶店に出かけていった。

秀一は、何も持っていなかった。

「昨日、学校へ呼ばれてさ」

担任の教師から、健太のことを聞かされた。

同級生に短い人指し指をからかわれた健太は、怪我の理由として、いろいろなことを言っているという。

「スポーツカーのドアにはさまれたんだ」

「飼ってる亀に食いつかれた」

「おばあちゃんに庖丁で切られちゃったんだよ」

母親のことは、ひとことも言っていないと聞いて、英子は涙がポタポタこぼれた。秀一は黙ってハンカチを押してよこした。何日使ったのかハンカチはねずみ色に汚れていた。

店を出ると、秀一はいきなり英子の手首をつかみ、黙って歩き出した。そのまま、近くのラブホテルと呼ばれる一軒へ入った。

一年ぶりであった。大きな波が押し寄せたとき、英子の目からもう一度熱い涙が溢《あふ》れた。

「戻ってくれ。頼む」

別れぎわにそう言って、秀一はバスに乗った。

よく晴れた昼下りである。英子はゆっくりと街を歩いた。

戻ろうか、どうしようか。一番大切なものも、一番おぞましいものもあるあの場所である。空を見上げて、昼の月が出ていたら戻ろうと思い、見上げようとして、もし出ていなかったらと不安になって、汗ばむのもかまわず歩き続けた。

りんごの皮

入場券のはなしがいけなかった。

あれさえ白状しなければ、お互いいい年をして、玄関先で生臭い声を立てることはなかったのだ。

野田は医者だから、人の体について理屈は百も知っている筈だが、理屈から先のことは杓子《しゃくし》定規《じょうぎ》である。玄関の壁にコンクリート釘を打ちつけながら、打ち方が悪かったせいか赤い火花が出たのを見ると、金鎚《かなづち》で頭の地肌を掻き、女は瞼《まぶた》の裏に虹が出るというが本当かと尋ねたりする。

虹は見たことないが、瞼の内側からあかりがともって、ローストビーフの真中の、生焼けのところみたいな色になることはあると教えながら、時子は釘の位置が高過ぎることに気がついた。

時子より頭ひとつ背の高い野田は、自分の目の高さに釘を打っている。週に一度しか来ない男のために、月賦で無理をした絵を掛けるのは口惜しい気もしたが、そういえばこの一年の間に居間のカレンダーも、脱衣所の湯上りタオルを引っ掛ける釘も五センチは高くなっている。これは差しあたって、幸せなのか不幸せなのか時子にも判らないが、今日のところは幸せとして置こう。

野田のガウンがはだけたのを、背中にまわって直していると、湯上りのぬくもりが厚いタオル地を通してぬるい湯タンポのように伝わってくる。固いコンクリート壁に釘を打ち込む震動を時子も一緒に体で受けとめていたら、ひょいと口がすべって、入場券のことをしゃべっていた。

闇の中で、からだに赤い筋が走ることがある。赤い筋は幅五センチほどで、もも、ももの内側の、からだのまんなかのあたりから両足の足首に向って、ゆっくりと走ってゆく。見える時と見えない時がある。何かに似ていると思ったら入場券だった、というと、野田は、

「入場券か。なるほど。入場券ねえ」

そばにカルテがあったら書き入れたい、という目の色をしてから声を立てて笑い出した。

暗いところで、並んで横になった時にするはなしを、まだ陽も落ちてない玄関先で立ったままというのがおかしくて時子も笑ったが、その時、ドア・チャイムが鳴った。

野田が風呂に入る前に頼んだ鰻屋の出前である。いい間《ま》で来たのも弾みのうちで、笑いながらドアを開けたら、弟の菊男が立っていた。

五十には二つ三つ間がある筈だが、若白髪《わかじらが》だった髪はもう灰色である。髪と同じ色の外套を着ている。小さな目は二つ三つまばたきをしてから、急に何も見ない目になった。

「また来るよ」

時子には何も言わせず、自分からドアを閉めた。

菊男は教材を扱う会社に勤めている。この四月に二番目の子供が大学に入り、公団住宅では動きが取れなくなった。新しい住居の頭金をすこし都合して貰えないかと言っていた。

今日も、時子の勤め先へ電話を掛け、風邪で欠勤していることを聞いて、見舞いかたがたそのはなしで寄ったに違いない。

菊男のこういう目は、はじめてではなかった。時子が別れた夫とごたごたを起した時も、菊男は自分の手に負えないものは、見えない、見なかったという日で押し通した。

恐らく今度もそうであろう。姉のうしろに立っていた、湯上りガウンを着て金鎚を持った男を、彼は見なかった。だから、男の身許や、妻子はあるのか、再婚するつもりかなどとは、ひとことも聞くことはないだろう。だが、あの笑い声を聞かれてしまった。

追いかけるように届いた鰻重がばかに生臭く、時子はいつにないことだが半分はど残した。

急がない時に限って、バスも地下鉄も早く来る。気の進まないところへ出掛ける時は、時刻表通りに、したり顔でやってくる乗り物まで自分を嬲《なぶ》っているように思えて、時子は腹が立った。予定より早く着いてしまった渋谷駅の、デパートの外壁に貼りついた大時計の針が、ギクシャクときしみながらやっと一目盛進んで、五時半をすこし廻ったところである。

時子はバッグを脇に抱えて、デパートへ入っていった。昼休みに銀行へいっておろして来た百万円が入っている。

三日前の菊男の目を思い出した。今夜も菊男はあれと同じの何も見なかった目で、姉から金を受取るだろう。見なかったものについてはしゃべらない人間だから、恐らくあのことは女房にも言ってはいないだろう。そう思いながら、時子はゆっくりと時を稼ぎながら、デパートの中を歩いていた。

年の暮が近いせいであろう、デパートは混み合っていた。人いきれで汗ばむほどだったが、時子は外套を脱ぐのも億劫《おっくう》だった。さまざまな色や形が廻りで揺れ動いていた。さまざまな音楽やことばが、子供の泣き声が飛び交《か》っていた。時子にはすべて縁のないものであった。時子の欲しいものは、このデパートには売っていないのだ。いま自分は、あの時の菊男と同じ目をしている、こういう時に掏摸《すり》にあうのだと、バッグを抱え直した時、横あいから声がかかった。

「おためしになりませんか」

ヘア・ウィグとよばれるかつらを並べた売場であった。

いつもなら邪険《じやけん》に振り切ってゆくのだが、時子はすすめられる通り、三面鏡の前に腰を掛けた。

髪を分けると白いものが目につくようになっている。栗色に染めようかとも思うのだが、髪の伸びの早いほうなので、染めを横着すると、根元が黒と灰色のおまじりで先が栗色というおかしな葱坊主《ねぎ》になりかねないので、見合せていたのである。急の外出用にかつらも悪くない。何よりも、坐ってひと息入れ、時を稼げるのが有難かった。

若い女店員が、時子の頭にかつら下用のネットをかぶせている。黒い網の帽子だが、頭のてっぺんに穴があいており、上へたくしあげた髪の毛をその穴から出して、ピンで止めつけ始末するようになっている。

化ける前の姿というのは滑稽なものだ。ぴったりと髪をつめた顔は、白い蛍光灯の下で三つも四つも老けて見えた。買う気もない人間は、デパートの鏡には分別臭い死んだ顔にうつるのかも知れない。それにしても、これで「入場券」とは、よくもまあ言ったものだ。一体、どこ行きの入場券のつもりなのだろう。

女店員はお愛想を言いながら、黒い蕪《かぶ》のような格好になった時子の頭にいろいろなかつらをのせている。黒いのも栗色のも、のせてみると、みな一様に不自然で品が悪く見える。髪の毛はその人の表情の上に生えているものなのだろう。取ってつけたように美しく整った髪は、頭のお面のようでいささか薄気味が悪かった。せっかくだけど、この次にするわと言いかけて、不意に気が変った。

菊男のうちへ行くのにこれをかぶってゆくことにしよう。

「お義姉《ねえ》さん、その頭どうなすったの」

菊男の妻の益代が頓狂《とんきょう》な声を上げてくれれば、あとは気まずい思いをせずに話がほどけてゆくだろう。ナイロン製二万円、人毛三万円からと聞いて、栗色の人毛のをかぶろうとした途端、左目に小さな痛みが走った。毛先が目に触れたのである。見も知らぬ他人の毛と思うせいか、痛みは髪とは思えぬ容赦のないものだった。おまけに中側に一筋、黒い毛から白髪に変る途中とみられるとうもろこし色の一本をみつけてしまった。なまじ人の毛はおぞましい。時子は明るい栗色のナイロン製を買い、頭にのせてデパートを出た。

おもてへ出て気がついたことは、かつらというのは帽子ひとつ分暖かいということだった。頭を繃帯で締めつけ、その上に毛糸の帽子をかぶっているようで、落着かない。ショーウインドーにうつる姿も、自分によく似た他人のようである。かぶり馴れないせいか、眉を動かすとかつらは上へ上へとせり上ってくる。駅前の雑踏の中で脱ぐわけにもいかない。

果物屋の店先の鏡で直していたら、外套の裾で、ひと山三百円の皿盛りのりんごを崩してしまった。転げ出したひとつを追って歩道の端まで小走りにゆき、会釈《えしやく》をしながら受けとめるしぐさをしている店員の若い男に向って、赤いりんごをポンとはうった。

あれは戦争が終って何年目のことだったのか。

銀行の地方支店長をしていた時子の父が、東京の本店へ栄転が決り、私鉄沿線の社宅をあてがわれることになった。もと古美術商の持ち家だったというが、庭の広い昔風の造りの、部屋数の多い、かなり大きな家であった。

父は、学校の都合でひと足先に上京し、親戚の家に泊っていた時子と弟の菊男に、一晩だけだがこの家の留守番をしろと言いつけた。浮浪者が空家で焚火《たきび》をして火を出すといったニュースが新聞にのっていた頃である。次の日になれば、畳屋や経師屋《きようじや》が入る。留守番の人間も考える。寝具もなし火の気もないが、兎《と》に角《かく》一晩だけ泊ってきてくれと言って、父は残務整理のため上野から夜行に乗ってしまった。

冬の夜ふけであった。きつい木枯しが吹いていた。

大学一年の姉と高校二年の弟は、軍隊毛布を染め直したような紺のザクザクした布の外套を着て、この家の鍵をあけた。どういう手違いか、電気が来ていなかった。

手さぐりで家に入った。火の気のない、だだっ広い空家は、歯の根も合わぬほど寒かった。体を温めようにも火もない。薬罐《やかん》もない。

時子は玄関を入ったとっつきの六畳に、菊男はその隣りの四畳半に、それぞれ壁を背中に寄りかかり、外套を引っかぶったのだが、空腹と寒さでどうにも寝つけないのである。暗いと余計に寒く感じるのかも知れない。木枯しが建てつけの悪い雨戸やガラス戸を揺すっている。闇に目が馴れてみると、菊男も寝つけないらしく、細目にあけた襖《ふすま》の向うで、黒い塊が動いているようだ。

「あんた、マッチ持ってないの」

「持ってるわけないだろ」

「たばこ、喫《す》ってたんじゃないの」

「喫ってないよ」

声を出してみて気がついた。時子の声は、いつもの声ではなく、すこしかすれている。菊男も、男の、大人の声になっていた。声変りをしたのは随分前のことだったが、闇の中で聞く弟の声は、父にそっくりであった。

長い沈黙があり、それから匂いに気がついた。

ポマードとたばこの脂《やに》をまぜたような、床屋で首に巻いてくれる白い布の、首のあたりから発する匂いだった。洗濯を怠けた靴下の匂いだった。インク消しのような匂いもまじっていた。空気が葛湯《くずゆ》のように重たくなってくる。

こういう時は、何かしゃべった方がいい。

この時、玄関のガラス戸を激しく叩く音がした。若い男の声で、

「留守番の人はいないの」

とどなっている。

外から懐中電灯の光の輪が中を照らして揺れている。声の具合では男は二人いるらしい。

「この家の前の持主だが、品物を置き忘れたので取らせてもらいたい」というのだが、どなっている間も、ガラス戸をガタガタやっている。

時子は弟に「明日にしてもらおうよ」と言いかけたが、

「居るんだろ。居るんならあけなよ。泥棒しようっていうんじゃないんだよ。自分とこのもの持ってゆくだけだよ」

酒気の入っているらしいだみ声は大きくなるばかりである。電話は引いてないし、近所も遠い。

弟は懐中電灯の光の輪から時子をかばうようにして、六畳へ押しやった。小声で、

「姉ちゃん、出るな」

ひとりで玄関の戸をあけた。

男たちは復員服を着ていた。離れの押入れに上り、天井板をはね上げて、天井裏にかくしてあった日本刀を十振程出して、大風呂敷に包んで持っていったそうだ。占領軍に届け出ていない闇の代物だったのであろう。時子は、闇の中に息をひそめ、男たちの帰るのを待っていただけである。

帰りぎわに、一人の、だみ声でない方の小柄な男が、カーキ色の外套のポケットから、りんごを二つ出して、菊男にほうってくれた。

鍵をしめる菊男の気配に、時子は玄関に出ていった。

「骨董屋《こっとうや》じゃないよ。闇屋だよ」

菊男は、りんごをひとつ、姉にほうってよこした。曇りガラスの格子戸越しに、月の光があった。うす闇というのかうすあかりというのか、その中を赤いりんごが、小さな抛物線《ほうぶつせん》を描いて飛んで来た。

菊男は四畳半に引き上げ、時子も隣りの六畳の前と同じ場所にうずくまった。りんごをかじる音が大きく聞える。甘酸っぱい香りが流れてくる。手にしたりんごは冷たかった。スカートで拭いて、歯を当てると、悪寒が走るほど冷たかった。かじると、籾殻《もみがら》が口に残った。胴震いしながら、さっきの男は、このうちにもう一人、人間がいることに気がついていたのではないかと思った。懐中電灯の光の輪は、玄関の隅に脱いだ時子の運動靴を照らした筈である。だから、りんごを二つ置いて行ったのだ。

時子は、手土産に包んでもらったりんごを膝にのせて、私鉄の座席に坐っていた。あの男たちが来なかったとしても、格別、何が起ったということはなかったろう。ただ、あの小さくて冷たい赤いりんごが、あの晩、姉と弟を安らかに眠らせてくれたことだけは本当である。

結局、時子は菊男に金を渡さなかった。

公団住宅の階段を上り、ドアの前まで行ったことは行ったのだが、ベルを押さずに帰ってきた。換気扇から魚を焼く匂いが流れて来たせいである。夫婦に子供二人。四人家族が四切れの魚を買って焼いている。姉弟でも、もう割り込む余地はないのである。

こうなることは判っていたような気もする。

判っているくせに時分どきに出かけたのは、自分に対する言いわけなのか、傷の痛みをたのしんでいるのか。かつらで重たくなっている頭ではすぐには割り切れなかった。

帰り道は、頭もりんごも重いので、団地の入口から、戻り車のタクシーを拾った。乗り込もうとしたところ、ドアのところの天井に、かつらが引っかかってしまった。ピンでとめつけてあったので、時子は首吊りになってしまい、タクシーからおりて釣銭をポケットにしまっていた男に手伝ってもらい、引っかかったかつらをはずしてもらった。自分の頭の高さよりほんの少し高くなっているだけで、こうなってしまうのである。笑いをこらえて手を貸してくれた人に礼を言い、かつらを掌にのせて、夜の街を走って帰って来た。

アパートのドアを開けると、野田が釘を打ち掛けてくれた絵が曲っていた。大きなことは気にならないのに、額縁が曲っていると、直さずには居られない性分である。直して居間へゆき、壺の枯れた花を捨て、中に百万円の札束をかくした。花の代りに、捧げ持ってきた明るい栗色のかつらをふわりとのせた。白い壺は、下ぶくれの若い女の子のようで、かつらがよく似合う。白い果物鉢を出して、りんごをいれた。

壺も鉢も、時子としては身分不相応にいいものである。色も形も吟味して、苦労して手に入れたものばかりである。いや壺や鉢ばかりではない。家具もクッションも、カーテンの色も、タオルの柄にいたるまで、時子は気に入らない色や形が自分の視野にあると、落着かない性分だった。

チグハグな色のものを身につけるくらいなら、何年も着た黒いセーターでいる方がいい。スピッツが嫌い、クイズ番組も見ない。花柄の電気製品は断固として買わない。小指の爪を伸ばした男、赤いネクタイをする男、豪傑笑いをする男は嫌い。こんなことばかり気にして三十年を暮して来たような気がする。

時子はりんごをひとつ取り、皮をむきはじめた。皮は、細く長く同じ太さにむいて、途中で絶対に切れないようにするのがいつものやり方である。ナイノは、外国旅行の時に骨董屋で買った古い銀製のものである。だが、こんなことが一体、何だというのだろう。

菊男は、姉とは正反対である。

ほどほどの身のまわり。ほどほどの就職。ほどほどの妻や子供たち。手にあまるものは見ないで暮す菊男のやり方を、時子は歯がゆいと思ったこともあったが、気がつくと、年とった動物が、少しずつ、目に見えないほど少しずつ分厚く肥えふとってゆくように実りはじめている。

今夜、団地の換気扇から流れていた魚を焼く匂いは、その実りの匂いであろう。

垂れ下ったりんごの皮は、おもてが赤く、裏は青く白い。ふちにうす赤い紅が滲《にじ》んでいる。

時子は、むき終った長いうず巻きを口にいれた。

窓をあけると、十二月の夜の風が吹き込んで、壺にのっている栗色の髪をなぶるように揺すっている。陽気な生首のように見える。

時子は、りんごの皮を口からぶら下げ、窓の外に向って、りんごの実をほうり投げた。裸のりんごはうす墨の闇の中で白い匂いの抛物線を描き、思ったより遠くに飛んで消えた。時子はそれからゆっくりとりんごの皮を嚙んだ。

酸っぱい家族

煙草をやめてまだ三月だが、九鬼本は朝目を醒《さま》してから起き上るまでの時間を持てあますようになった。

目をあけたところで、格別目新しいものが見えるわけではない。建売住宅の見厭《みあ》きた壁と貰いものの見厭きた絵である。色の褪《あ》せたカーテンである。朝食を一度に済ませないと手間がかかって仕方がないと子供たちを起こしている女房の金切り声を、目をあけて聞くこともない。

大体、五十を越えた男で、毎朝希望に満ちて目を開く人間がいるのだろうか。

もっとも、目を閉じたところで、若いときのようないい夢は滅多に見られなくなっている。そのへんを胡魔化《ごまか》すのに煙草は便利だった。やめるのは酒にして、煙草は本数を減らすだけにすればよかった。

毎朝一度はそんなことを考えるのだが、その朝は煙草までゆかないところで起こされる羽目になった。

飼猫が鸚鵡《おうむ》をくわえてきたのである。


緑色の鳥は居間の食卓の下にころがっていた。猫のうなり声で女房が台所から飛び出して来たときは、まだ羽根をばたつかせていたというが、九鬼本が見たときは、鉤型《かぎがた》の爪を内側に折り曲げ、ころっとした分厚い舌を黒い貝殻のような嘴《くちばし》からのぞかせて動かなくなっていた。そばで飼猫が毛づくろいをしている。

「またやったのか、お前は」

もともと鳥を獲るのが得手《えて》な猫で、今までにも雀や尾長を見せに来たことはあるが、こんな大物ははじめてだった。

かなり郊外とはいえ野生の鸚鵡はいる筈がないから、どこかの家で飼っていたものであろう。

「どうするの、パパ」

こういうとき必ず女房は九鬼本をそしる口振りになる。

この建売を手に入れたのは五年前だが、越してすぐから鼠が出た。毎月払う月賦の分ぐらい齧《かじ》られているんじゃないかなと勤め先で冗談を言ったところ、直属の上司がちょうどうちで生れたからと、牡《おす》の虎猫を新宅祝いに呉れたのである。

大した餌を食べさせた覚えもないのだが、猫はみるみる肥えふとり、わるさをしては尻を持ち込まれるようになった。

そのたびに女房は、いや此《こ》の頃は娘まで九鬼本を責める言い方をする。

「どうするといったって、死んでしまったものは仕方ないだろう。そのへんに埋めるんだな」

「そのへんて、どのへんですか」

女房は尖《とが》った声で言い添えた。

「うちの庭は嫌ですよ」

猫の額ほどの庭にこんな大きい鳥を埋められたら、気持が悪くてかなわないという。洗濯物ひとつ干すにしても、足許に死骸が埋まっていると思うと気色が悪いというのである。

「それじゃビニールにくるんで、ポリバケツにでも」

捨てるんだな、と言い終らないうちに、女房と娘が一斉に非難の声をあげた。とんでもないというのである。

近所づきあいはしない癖に、おたがいゴミの中身には神経質なものだという。どこのうちで何を捨てたかよく知っている。鸚鵡を捨てたことが判ったらすぐ噂になり、飼主の耳に入って面倒なことになり兼ねない。

「オハヨウ。オハヨウ」

今まで黙っていた息子が、突然奇妙な声を出した。鸚鵡の口真似である。

「よしなさいよ。気持の悪い」

女房が嫌な顔をした。

「昨夜まで人間の言葉しゃべってた奴を、ポリバケツっていうのは、すこし可哀そうじゃないの」

言われてみればそんな気もする。

大学生の息子に千円もやって、どこかへ埋めるなり捨てるなりさせようと、寝室へ財布を取りにもどった間に、要領のいい子供たちは出掛けてしまい、結局九鬼本が紙袋に入れた鸚鵡を持って家を出る羽目になってしまった。


捨てるということが、こんなにむつかしいとは知らなかった。

九鬼本の勤めは宣伝関係の代理店だから、世間のラッシュからは小一時間ほどずれてはいるが、それでも駅へ向う通りには、勤め人の姿が絶えない。

いつもはバスに乗るのだが、この日は歩くことにして、通りがかりのゴミ箱にでも、と軽く考えて、うちを出たのが間違いだった。

第一、ゴミ箱というのがもう世の中から姿を消しているのである。

子供の頃から見馴れたせいか、九鬼本の頭の中には、黒いコールタールを塗った四角いゴミ箱があった。個人のうちのゴミ箱に捨てるのは気がさすが、裏通りの飲食店かなにかの大きいのを狙って、べたついた黒いものがくっつかないように指一本で蓋をあけ、息をとめて紙袋をほうり込めば済む、と思っていたふしがある。

大きい声では言えないが、昔はよかったと思う。

ドブ川があり、原っぱがあった。

人が住んでいるのかいないのか判らない大きな屋敷もあった。紙袋にくるんだ鳥の一羽やそこら、どこにでもほうり込めたのだが、今はポリバケツしか捨て場所はないらしい。

ところが、間の悪いもので、今度の通りで捨てようと思って近づき、蓋に手をかけようとすると、すぐ前のアパートの窓があいて、歯を磨いている男の顔がのぞいたり、頭にクリップをくっつけたムームー姿の女が、突っかけサンダルを引きずりながら出て来て、ゴミを捨て、頭の地肌を掻きながら九鬼本をじろりと見てもどっていったりする。

共同のゴミ置き場なのだから、会釈《えしゃく》のひとつもして、ポリバケツの上に紙袋をのせて来てもいいようなものだが、うしろめたいせいか、それも気がとがめる。

この通り、次の曲り角、と思いながら結局駄目で、遂に駅に着いてしまった。

鸚鵡は鳩を二廻り大きくしたほどだが、死んでいるせいか妙に持ち重りがする。

気を遣ったせいかいつもの倍も汗を掻いてしまった。

そうだ、駅の便所に捨てようと思い、行ってみると掃除中の札が出ていて入れない。フォームのゴミ入れに近づくとそばに駅員が立っている。

「オギクボオー」

スピーカーの調子が悪いせいか、駅名のアナウンスまで鸚鵡の声に聞えたりする。

あれこれやったが結局うまくゆかず、九鬼本は紙袋を抱えて国電に乗り込んだ。

九鬼本は、紙袋を上の網棚にのせ、外を眺めていた。

このまま降りてしまえばいいのだ。

一番簡単な方法をどうして思いつかなかったのだろう。

ところが、次の駅で前の席の乗客が降り、九鬼本は席にありついたわけだが、急に落着かなくなってきた。

頭の上の紙袋が気になって仕方がない。

死んだ鳥の下に坐っているというのが、どうにも落着かないのである。ビニールで包んであるから、大丈夫だとは思うが、暑いなかを十五分も持って歩いている。万一、ポタリと赤いものでも落ちてきたら大事《おおごと》である。

九鬼本は紙袋を網棚からおろし、膝の上にのせ、それから足許の床に置いた。

捨てよう、捨てなくてはならないと思いながら、もう一息の度胸がなく、ずるずるに延しに持って歩いている。この気持は、覚えがあった。

九鬼本がはじめて勤めたのは、中野駅のそばの小さな広告会社だった。学生演劇に血道を上げ、気がついた時は就職活動のほうで一歩も二歩も遅れを取っていたのである。

社長以下五人という小さなところで、簡単な教育フィルムを作ったり商店街の催しものを引き受けたりしていた。

ビルとは名ばかりの、裏通りのモルタル二階建てで、下に家主の美容院。ギシギシときしむ木の階段を上ってゆくと、左手にタイプ印書、右手のベニヤのドアが彼のつとめる事務所であった。

九鬼本は何でもやらされた。

封筒の宛名書き、謄写版刷り、宣伝ポスターや看板の下塗り。小型トラックのまわりに赤白のダンダラ幕を取りつけた俄《にわ》か仕立ての宣伝カーに乗って、自分で文案を書いた洋品店の大売り出しのアナウンスを駅前でやったこともある。

くさったのは、「焼酎娘」という催しもののときだった。

映画会社のニューフェイスの、パッとしないのを五人ほど引っぱってきて、当時としては露出度の高かった背中丸出しの揃いのドレスを着せ、オープン・カーで繰出そうという段になって、指揮をしていた社長が、九鬼本を呼んだ。

下の美容院へいって、脱毛クリームを分けてもらってこい、というのである。

わけが判らず突っ立っている九鬼本に、社長は察しの悪い奴だな、と言わんばかりの顔で、半袖シャツを着た自分の腋の下を示した。

「剃ってない子がいるんだよ」

客でいっぱいの下の美容院で脱毛クリームを分けてもらったときも赤面したが、万歳をした格好の女の子二人の腋の下にクリームを塗り、くすぐったがってキャアキャア笑う声を聞きながら、半分溶けたようになった短い毛と硫黄くさい白いクリームを、ちり紙で拭き取り、タオルをしぼって渡していたら、やり切れない気持になってきた。

少し前、使い走りで大蔵省へ行かされたが、廊下で、大学時代の友人に出逢い、商社に入った同窓生の一人のアメリカ行きを聞かされたあとということもあった。

おれは何をしているんだろう、と思った。

九鬼本は、その頃買った一枚のレコードを今も思い出すことが出来る。

A面は、当時大流行していた「テネシー・ワルツ」、B面は、サッチモの歌う「薔薇色の人生」である。

歌としては「薔薇色の人生」のほうが好きであったが、やっていることは、人生に振られている「テネシー・ワルツ」であった。

陣内一家と知り合ったのは、この頃である。

警察予備隊、つまり自衛隊の前身だが、そこの訓練用の教材を作っていたときだったと思う。出入りの写真屋に正規の料金で引伸しを頼んでいたのでは旨味《うまみ》がないというので、社員のひとりがみつけてきたのが、陣内であった。

陣内は、陣内写真館の主人である。

写真館といっても名ばかりで、やはり中野駅の裏手にある焼跡に建てた六畳一間ほどの掘立小屋だった。

焼け出されてここへ落着いたのか、とにかく、ここの押入れが陣内の暗室であり、六畳は応接間であり仕事場であり、細君と三人の子供たちの寝起きする場所であった。

陣内の担当に廻されたのが九鬼本である。

陣内は、風采《ふうさい》こそパッとしなかったが、腕はよかった。

押入れの暗室でやったとは思えないみごとな技術で、納入期限も正確であった。料金も気の毒になるくらい安かった。

それでも陣内は、

「助かります」

を連発し、連絡に出向く九鬼本に、どうやったら気に入ってもらえるか、という風に気を遣ってもてなした。

陣内写真館は、とにかく狭かった。

天気の日はまだいいのだが、雨でも降ると七輪から洗濯物まで取り込む上に、いつもはおもてで遊んでいる下の二人の子供が帰ってくるので、足の踏み場もない。

九鬼本が入ってゆくと、陣内は細君をどなり、そのへんのものを片付けはじめる。片付けるといっても、押しつけ積み上げるだけだが、そうでもしないと、坐るところもなかった。

細君のいれたぬるくて薄い茶を飲みながら、九鬼本は、このうち全部が陣内の手造りであることに気がついた。

天井も柱も窓枠も、材質寸法すべてバラバラなものを、つなぎ合せ、くくりつけて、何とか家の形につくりあげていた。ガラスも、一枚入るべきところに、明らかに厚みのちがう二枚が、裏表から、テープで支えあって入っていたし、ゆるんでブクブクの畳も、捨てたものを一枚、二枚と拾い集めてきたものとしか思えなかった。

家だけでなく、鍋釜から茶碗までみな拾ったもののようであった。

復興の兆しはみせていたが、まだ東京には焼跡も多かったから、陣内写真館のような住まいはそう珍しいとはいえなかったが、近い親戚に焼け出されのない九鬼本には、驚くことばかりであった。

一番驚いたのは匂いである。

ひどく酸っぱい。

九鬼本は、はじめ、五日ずしでも大量に作ったのかと思った。営業用の現像液の匂いかと思ったが、そうではないらしかった。

酸っぱい、といったところで、ツーンと鼻にくるような酸っぱさではない。

夏場は、たきたてのご飯に酢をまぜ、団扇《うちわ》であおいでいるときのような、蒸れたような酸っぱさだった。

ひんやりした時候になると、海苔巻や稲荷ずしの匂いになった。

うち全体が匂うのである。

いや、うちも人も、酸っぱい匂いがした。

この茶碗も、どこかの焼跡から拾って来たのではないかと思い、お代りを辞退して、おもてへ出ると、陣内が追いかけてくる。

小柄な体をすり寄せ、九鬼本のポケットに封筒をねじ込んだ。仕事を廻して貰ったリベートである。返そうとする手を押えた陣内は、貧弱な体格に似ず、腕力があった。

里芋のような頭も、五尺そこそこの、胸板のそげた脂気《あぶらけ》も水気も脱けた体も、もとは何色だか判らない半袖シャツも、みな、五目ずしの匂いがした。風呂代を倹約しているのかも知れないと気がついた。

九鬼本が陣内の娘の京子を、「正しい歯の磨き方」という教育映画のモデルに使ったのは、ひとつには予算がなかったせいである。

京子は、顔立ちはありきたりだったが、歯だけは綺麗だった。いつもリベートを貰っているので、モデル料という形で、気持を返したいというところもあった。

だが、陣内一家のほうは九鬼本の気持を誤解したふしがある。

それからあと、九鬼本が陣内写真館に出向くと、細君に代って京子が茶をいれるようになった。

あれは、キティだかキャサリンだか、女名前の台風接近を伝えるニュースを聞きながら残業をしていたときだから、夏の終りのことだと思う。

一人で居残りをしている九鬼本のところに京子が傘を持って来た。礼だけ言って京子を返し、三十分ほどして、事務所を出たら、軒下に京子が立っていた。

白い木綿のワンピースが濡れて体にはりついていた。髪も顔もびしょ濡れだった。

その晩、どういう気持で京子を誘ったのか。

「テネシー・ワルツ」でも「薔薇色の人生」でもない、もっと別のものだった。やり切れない現在の勤め。着々と階段を上ってゆく友達。気に入られたいと、気の毒なほど気を遣う陣内。その陣内からリベートを受取っている自分。そのどれもが原因だったような気がするが、今考えてみれば、二十六という若さだけが理由かも知れなかった。

雨に濡れた京子からは五目ずしの匂いはしなかった。そんなことも忘れていた。

新聞の求人欄を見て、銀座にある大手の広告会社の入社試験を受け、採用になったのは、それから間もなくのことである。

九鬼本は有頂天になっていた。

新しい勤務先は、堂々たる鉄筋八階建てである。

冷暖房つきである。

世間の人がみな名前を知っている一流会社である。月給も倍近くになった。

九鬼本は下宿をかわった。

古いものは、みな捨てたかった。

女の子の腋の下に脱毛クリームを塗ったことも、陣内写真館から貰うリベートも。捨てるなかには、酸っぱい家族も、京子も入っていた。

京子とは、あのあと、三回か四回のつきあいである。

将来を約束するようなことは、ひとことも言ってはいない。しかし、たとえ口実にしろ、別れの挨拶だけはしなくてはいけない。

だが、何と言えばいいのだ。

父親にそう言われたのか、京子が、九鬼本の気に入られようとして、精いっぱい気を遣っているのが辛くなったとは言えなかった。

二回目か三回目か忘れたが、安直な温泉マークで休憩したとき、飲みさしの茶を、屋根瓦の上にパッと捨てた京子の手つきが、陣内の細君と同じだったから嫌になったとは言えなかった。

足が棒になるほど歩いても言い出せず、連れ立って中野駅前まで来てしまったとき、父親の陣内にばったり出逢った。

陣内は、京子をうちへ帰し、九鬼本を駅前のやきとり屋に誘った。やきとりとは名ばかりで牛や豚の臓物である。

陣内は、黙々と固い肉を噛む九鬼本の肩を叩いて、入社の祝いを言い、こうつけ加えた。

「いいの、いいの。なんも言わなくていいの」

それから、封筒に包んだものを九鬼本のポケットに押し込んだ。

「これ、気持。ほんのお祝い」

押し返そうとする九鬼本の手を押える陣内は、相変らず力持ちだった。あのとき本気で陣内を殴り倒したいと思ったのは、安い焼酎のせいではなかった。

死んだ鸚鵡は、九鬼本のロッカーに入っている。

クーラーがかなり利《き》いているから、生温かくぐんにゃりしていた鳥も、もう固く冷たくなっているに違いない。

もうすこしすると終業のベルが鳴る。

ロッカーをあけて紙袋を出し、胸に抱えてゆきつけの銀座のバーへゆこう。

出迎えるマダムにこれを渡して、捨ててもらうことにしよう。

この店にはもうひとつ、捨てなくてはならないものがある。

耳

耳の下で水枕がプカンプカンと音を立てている。

氷は疾《と》うに解けている。

頭を動かすたびに、なまぬくい水がふなべりを叩く波のように鼓膜に伝わってくる。

熱は下ったらしい。

今から出勤すれば午後の会議に間に合うと判っているが、柄は休むつもりでいる。一年に一日ぐらい欠勤するのも悪くない。無遅刻無欠勤は、ひと昔前なら出世の近道だったが、いまは融通の利《き》かない上役と馬鹿にされたりする。

日向《ひなた》臭い水枕のゴムの匂いを嗅いでいると、五十面《づら》下げてなにかに甘ったれたいような、わざと意気地《いくじ》なく振舞いたいような気分になってくる。

小学生のときのずる休み。体温計を腋の下にはさんでいるときの、無限とも思える長い時間。

目盛りをたしかめる母親の真剣な目。水銀柱が三十七度の赤い線から上にあがっていないと、起きて学校へゆかなくてはならなかった。

下から見上げる母親は、子供っぽく可愛らしく見えた。つい今しがたまで水仕事をしていたのか、母の手はいつも濡れて赤くふくらんでいた。白いキャラコの割烹着《かっぽうぎ》をかけ、どういうわけか手首に二、三本のゴム輪が食い込んでいた。部屋の隅に大きな瀬戸の火鉢があり、薬罐《やかん》が湯気を上げていた。

風邪をひくと、咽喉の薬だというので金柑《きんかん》を氷砂糖で煮る甘酸っぱい匂いがうち中に漂った。母親が冷たい掌を額にあてがって、熱の下り具合を調べてくれる。自分の額を幼い楠の額にくっつけることもあった。息の匂いと椿油の匂いが鼻をくすぐった。

水枕の口を閉める金具の具合が悪かったのか、水が洩り、耳から首筋にかけて濡れてしまった。

「中耳炎になったら大変だ」

こたつで温めたネルの寝巻を着せ替えてもらった。こういうときに限って母を呼び立てる父親に、一人前に嫉妬《やきもち》をやいた覚えがある。

ぬくまった水枕が、耳朶《みみたぶ》の下で音を立てている。プカンプカン。のどかな音なのに、ゴムの匂いも懐しく鼻に媚《こ》びているのに、妙に気持が落着かない。

中耳炎になったのは楠ではない。弟の真二郎である。

道で「行キ止リ」というのがある。

あれは変圧器でも入っているのか、金属で出来た人間一人やっと入れるほどの小さな小屋があって、「危険」、「触ワルベカラズ」と赤い字で書いてある。

弟の中耳炎は、楠にとって、これから先は「行キ止リ」であり「危険」であった。何故だか判らないが、そこまでゆくと、くるりと踵《きびす》を返して戻らなくてはいけないのだ。

楠は布団の上に起き上った。いつまでも水枕に耳をおっつけていて、プカンプカンという音を聞いていてはいけない。

「おい」

女房の名を呼びかけて、気がついた。

今日一日勤めを休む、留守番をしてやると言ったので、女房は出掛けている。

楠は、寝巻の上に女房の茶羽織を羽織り、水を飲みに立った。

家族の居ない家は、他人の家みたいだ。

上下併《あわ》せて五間ほどの小ぢんまりした仕まいが、急によそよそしく思える。

台所へ立った楠は、冷蔵庫をあけている自分に気がついた。水道の栓をひねる前に、別に何を食べようというつもりもないのに、冷蔵庫をあけて中を改めている。

俺は何をしているんだ、と自分を嗤《わら》いながら、手はひとりでに動いて、食器棚の小《こ》抽斗《ひきだし》を上から順にあけて、中を調べていた。

クリーニング屋や酒屋の通いと一緒に、ゴム輪の束ねたのやロウソクや、中身の入ってない目薬の容《い》れもの、マッチなどが雑然と入っている。

楠は茶の間へ取ってかえした。

俺のしていることは家探しだ。卑しい真似だぞと自分に言い聞かせるのだが、押入れをあけてみたい。女房の鏡台の抽斗を調べてみたくて仕方がない。気持を抑えていると、呼吸が荒くなるのが判った。

夫婦に一男一女。

平凡な家庭である。格別の秘密があるわけではない。家族の留守をいいことに、家探しをするなど、思ってもみなかったことである。

楠自身にも、そういう性癖はなかった。そろそろ銀婚式になるが、女房のハンドバッグを開けたこともなかった。

今日はどうしたというのか。下ったと思ったが、やはり微熱があるのだろうか。ひとりで茶の間に坐っていると、家中の壁や押入れが、しめし合せて隠しごとをしているように思える。

体のなかで、小さくたぎるものがある。

ほうって置くと、押入れをあけそうな気がする。二階へかけ上って、娘の洋服箪笥や机の抽斗をあけそうで、不安になってきた。

こういうとき煙草があればいい。

楠はつい半年前、ひどい苦労をしてやっと軌道にのった禁煙を後悔した。


丹念に截《き》ったつもりでも、天眼鏡でのぞくと、爪の先はかなりギザギザになっている。手の甲の皮膚は、飛行機から見下す海面のように、細かい三角波が立ってみえる。

畳の目も、傷《いた》んだところは藺草《いぐさ》が切腹して、なかから、キビガラの芯みたいなのがはみ出していた。畳の目ひとつひとつが小さなクッションになっている。考えてみれば当り前のことだが、楠は感心した。

辞書を引くときに使う天眼鏡でさまざまなものをのぞいていると、いっときの虫押えになった。

面白いのは、綿ごみである。

羽織っていた女房の茶羽織の袂が、半分ひっくり返っていたのを直したときにつまみ上げ、食卓の上にのせて、仔細に眺めた。

袂の丸みそっくりの、薄くやわらかいフェルトに見えるが、天眼鏡でのぞくと、さまざまな色の繊維の寄り集りである。

どこからどうして入ったのか、何本かの毛髪らしいものが、一粒の仁丹と、一本の赤い絹糸をからめて半月型を形づくっている。

持ち上げるとこわれそうなねずみ色のそれは、間違って咲いたなにかの花のように見える。

楠は「ウドンゲ」の花というのは、こういうのではないかと思った。

印度あたりの想像上の花で、たしか三千年に一度咲くという。吉兆とも、凶兆ともいわれている。

ねずみ色の、雲のような、鳥の巣のようなものは花弁である。銀色の小粒と赤い絹糸は、雄《お》蕊《しべ》と雌《め》蕊《しべ》に違いない。

名前も顔も忘れてしまった。

楠がおぼえているのは、その女の子は楠より二つ三つ年下だったこと。半年だか一年だか、ごく短い期間、楠の隣りの家に住んでいたことだけである。

いや、もうひとつ、はっきりおぼえていることがあった。

耳の内側の、突起のところにいつも赤い絹糸を下げていたことである。

女の子は、耳の突起のところに、米粒ほどのイボがあった。赤い絹糸でそのイボの根本を結んでいた。

「こうやってきつく結んでおくと、そのうちにイボは腐って落ちるのよ」

女の子はそう言って、見せてくれた。

「お風呂から上ると、おばあちゃんが、新しい糸で結び直してくれるの。本当はもっときつく結ばなくてはいけないんだけど、そうすると、あたしが痛がって可哀そうだから、お父さんがもっとそっと結びなさいっていうの。だから、イボはなかなか取れないの」

赤い絹糸は、いつも新しい色をして揺れていた。

小学校へあがったばかりの楠は、背の低い、しるしばかりの生垣をはさんで、その女の子の揺れる絹糸を見ていた。

「お父さんたら、いつもあたしのこと膝にのっけて、耳の糸、引っぱって遊ぶのよ。いやンなっちゃう」

女の子は、赤い絹糸を揺すって、手まりをついて遊んでいた。花結びにした赤い絹糸は、片方しかしていない耳飾りにみえた。

楠は、小さなかたつむりのような女の了の耳を眺めていた。耳というのは、なんと不思議な格好をしているものだろう。右と左にひとつずつあって、同じ形をしている。取って合せれば二枚貝のようにピタリと合うに違いない。

楠は、女の子の耳をさわりたいと思った。

赤い絹糸を、強く引っぱって、女の子に、

「痛い」

といわせてみたかった。

泣かせてみたいと思った。

強くは結ばないというものの、白かった米粒はすこしずつ色が変って茱萸《ぐみ》のようになってい
る。

茱萸の実を口に含んで、やわらかく嚙んでみたかった。そういうときの女の子の顔を見たい
と思った。

小さな茱萸の実のすぐ上にある耳の穴を覗いてみたいと思った。あの奥はどんな風になって
いるのだろう。


「耳をさわるんじゃないの」

母親の高声を聞いたのは、頰を殴られる前だったのかあとだったのか。

自分の耳朶をさわるのはあの頃の楠の癖だったが、何故、母親はあのときだけ、あんなに激

しく楠を殴ったのだろう。

弟の真二郎が、中耳炎で病院通いをしていたからだろうか。

真二郎は耳から頭にかけて繃帯を巻いていた。水遊びをしていて、耳に水が入ったんですよ、と母は近所の人に話していたし、楠もそう言われていたが、そうするとあれは夢だったのだろうか。

天気のいい日の、縁先だったような気がする。うちに大人は誰もいなかった。

楠は台所から、徳用マッチの大箱を持ってきた。隣りの女の子の耳の洞穴をのぞいてみたかったのだ。

そのすこし前だったろうか、内風呂がこわれて、楠は父親と一緒に銭湯に行ったことがある。

銭湯の前で、楠は握りしめていた自分の分の湯銭を溝《どぶ》に落してしまった。父親は袂からマッチを取り出し、一本擦って溝の上にかざした。薬湯でも流れてきたのか、硫黄臭い湯垢《ゆあか》の浮いた半透明な湯のなかに、落した湯銭が鈍く光っていた。

楠はマッチを擦り近づけたが、暗くてよく見えなかった。新しくもう一本擦り、マッチの炎をほんのすこし耳の洞穴に近づけた。赤い絹糸を焼いたら大変だ。

用心しながら炎を近づけると、赤い炎はスウッと洞穴のなかに吸い込まれた。

真二郎が、火のついたように泣き、マッチの火が消えた。

どうして真二郎が泣いたのだろう。

女の子が泣く代りに、どうして弟の真二郎が——。

楠は、茶の間の押入れの戸を両手で開け放った。なかのものを、手当り次第につかみ、ほうり出した。

整理箪笥の抽斗を抜き、鏡台の抽斗も抜いて、なかのものをぶちまけた。

体の奥から熱いどろどろしたものが噴き上げてきた。

体を動かしていないと、「おうおうおう」と、獣みたいなうめき声が洩れてくる。


真二郎は、あだ名を「ビクター」と呼ばれていた。

レコード会社の商標になっている、小首をかしげた白黒ブチの犬である。

片耳が難聴だったから、人のはなしや音楽を聞くとき、聞えるほうの耳を音の方向に向ける。

自然にあの犬と同じ格好になった。

何年生のときだったか、新しいノートをおろしたとき、弟は「ビクター楠」と名前を書いた。

家中で大笑いをしたが、一緒に笑っていた母親が、同じように笑っていた楠を突き飛ばすと、いきなり真二郎を抱きしめて泣き出したことがあった。

抱きすくめられて、真二郎は、

「なにするんだよ。痛いだろ」

もがいて暴れていたが、あれは、兄の楠に言う言葉だったのではないのか。

「ビクター」は、進学や就職にも微妙に響いた。

一流大学、一流企業は、はじめから真二郎のほうで敬遠した。性格にも影を落しているようで、口数がすくなく、依怙地《いこじ》なところがあった。つきあっていた女の子ともうまくゆかず、身を固めたのは、四十近くなってからである。妻に迎えたひとは、ごく軽くだが片足を引く。


楠は二階へかけ上った。

息子の部屋に入り、机の抽斗をあけた。ビニールカバーのポルノ雑誌がころがり出た。本棚のウォークマンのヘッドホンも、床にほうり投げた。

娘の部屋にとびこみ、机の抽斗に手を掛けようとして、足の裏に鋭い痛みを感じた。画鋲《がびょう》大の金色のアクセサリーらしい。七ミリほどの針のようなものが飛び出している。すぐにピアスと判った。耳朶に小さな穴をあけて使うイヤリングである。

つい半月前、親にかくれて耳朶にピアス用の穴をあけたことが判り、食卓で親子喧嘩になったことがあった。

「いま流行なのよ。みんなやってるわ」

言いつのる娘に、

「それじゃみんな人殺しゃ泥棒をすれば、お前もするのか」

売り言葉に買い言葉で楠も譲らず、二、三日は口も利かないということがあった。

「いまからどなったって、穴がふさがるもんじゃなし。そういうご時世なんでしょ」

女房が取りなして、なしくずしに和解した形になっていたが、足の裏の痛みと、滲《にじ》んでくる血の色を見ていたら、体が熱くなるほど腹が立ってきた。

勢い込んで、抽斗をあけると、女持ちのライターが目に入った。奥に煙草があった。

楠は、煙草をくわえ、ライターで火をつけた。

手がおかしいほど震えていた。

半年ぶりの煙草だったせいか、それともまた熱でも出たのか、頭がくらくらした。

くらくらする頭で、別の抽斗をあけ、中のものを引っかき廻した。娘は、しゃれた灰皿まで持っていた。

楠は立てつづけに煙草を喫《す》った。

すこししけっていたが、目に沁《し》みて涙が出てきた。

「パパ、なにしてるのよ」

いきなりどなられた。

娘が大学から帰ってきたのだ。

「黙ってひとの部屋に入って。いくら親だってひどいわよ」

気がついたら、食ってかかる娘の横面を殴っていた。

「文句をいえた義理か。これはなんだ、これは」

喫いかけの煙草とライターを突きつけ、踏みつけたピアノと足の裏の傷を持ち上げてみせたところで、理屈にもなっていないことは、楠にもよく判っていた。

一足遅れて帰ってきた女房が、二階も下も落花狼籍《らっかろうぜき》の有様に呆然としながら、それでも子供の手前、

「お父さん、風邪だけじゃなくて、血圧も高いんじゃないんですか」

ことばは夫をかばいながら、薄気味悪そうに楠の目の色をのぞき込んでいた。


氷をいっぱいにつめ込んだ水枕は、耳の下でキシキシと音を立てている。

氷山の角と角がぶつかり合いきしみ合っている。互いにゆずらず争っている。

さっきの生あたたかいゴムの匂いは消えてしまい、あるのは、刺すような耳朶のしびれだけである。

父も母も大分前に見送っている。

あの日のマッチの炎について、たずねるべき人間はもういない。

近いうちに休暇を取って、と楠はたまっている有給休暇の日数を数えてみた。

真二郎は北海道で、小規模だがチーズを作って暮している。

この四、五年忙しさにかまけて逢っていないが、久しぶりにたずねてみよう。

逢ったところで、兄はストーブのそばで黙って酒を飲み、弟のほうもその形になってしまった「ビクター」の姿勢で、黙って窓の外の雪を見ているだけに違いない。

ものはためしということもあるから、隣りの家に住んでいた、耳から赤い絹糸を垂らした女の子のはなしをしてみようか。

あのとき真二郎はたしか四歳である。

「おぼえてないなあ」

小首をかしげ、体を斜めにしながら、こう答えるに決っている。

そのあと、なんと続けるか、水枕でしびれた頭は、歳月と一緒にことばも凍りついてしまって、なにも出てこないのである。

花の名前

残り布でつくった小布団を電話機の下に敷いたとき、

「なんだ、これは」

と言ったのは、夫の松男である。

「おれは座布団なしで育ったんだぞ」

機械の分際で生意気だといわんばかりの口振りだった。

じかに置くと、ベルが鳴ったとき耳障りながさつな音を立てるからと口がすべりそうになって、常子は危ういところで言葉を呑み込んだ。夫の前で、無神経とがさつは、まだ禁句である。

この冬、常子は始めて足腰が冷えるということが判った。そのせいか、電話機がむき出しで白い樹脂加工の台にのっているのを見ると、お尻が冷たそうで気になっていたんですよ、と半分笑いにごまかすと、松男はそれ以上は押さず、湯上りタオルで背中を拭きながら奥へ入っていった。

五十に手が届こうというのに、張りのある背中は水を弾いている。またひと廻り軀《からだ》が分厚くなったようだ。

若い時分はこうではなかった。

夫婦喧嘩ともいえぬ小競り合いで分《ぶ》がないとみると、夫は肉の削《そ》げた肩を見せ、足音も荒く奥へ寝に入ってゆくのだが、その背中は、

「それがどうした」

と言っていた。

そういう夜は、必ず隣りの寝床から手が伸びた。日付の替らぬうちに結着をつけ、優位に立って置かなくては納まらない性急《せつかち》なところがあった。闇の中で圧《お》しひしがれながら、常子は新聞の隅に載っている角力《すもう》の星取表みたいだと思った。ひとことも口をきかず、常子の左耳のところに溜めていた息を吐き、急に目方をかけてくる。自分の四股名《しこな》の上に勝の白星をつけてから眠るのである。

だが、もうそんなことはない。

ものの五分もすれば高鼾《たかいびき》が聞えてくる。

二十五年の歳月は、夫の背に肉をつけ、暮し向きのこまかいことも、言うだけは言うが結局

常子の言いなりになっている。

「君が代」が聞えてきた。

隣りのうちのテレビである。どういうわけか、必ず国歌吹奏まで聞いてスイッチを消すことにしているらしい。

大学生の息子も娘も、どこで何をしているのかまだ帰ってこない。電話のベルを大きい、鋭いとおもい、小布団をあてがったのは、常子がひとりで、帰る人間を待っていることが多い証拠であろう。家族四人の顔が揃い、お茶をのんだりしているときは、隣りの「君が代」は聞えないのである。

小布団をあてがってから、常子は、気持のどこかで電話のかかるのを待っていることに気がついた。ベルは、あきらかに丸くあたたかい音に変った。その変化をたしかめるためにも、電話はかかったほうがうれしいのである。

しかも、このところ電話が鳴るたびにいい知らせである。長男の就職が内定したことも、夫が経理部長に栄転したことを言ってきたのも電話であった。買物していて落した母の形見の財布が、中の金は抜き取られていたが、財布だけはみつかりましたとスーパーの店員から知らせてきたのも、おだやかなベルの音なのである。

台所でじゃがいもの皮を剝《む》いていた。去年とれた古いいもは、ところどころに芽をつくっている。庖丁の先を使ってえぐりながら、はじめて母に庖丁の持ち方をおそわったときのことを思い出した。あのとき剝いたのも、たしかじゃがいもだった。

「じゃがいもの芽は毒があるんだよ」

薄荷《はっか》と食い合わせると死ぬ、と教わったような気がする。ライスカレーやコロッケのおかずを食べながら、昼間そとで薄荷のドロップを食べたことに気がつき、どうしようと胸がつぶれる思いをしたのは、いくつのときだったのか。

茶の間で電話のベルが鳴った。

常子はやさしい響きに満足し、機嫌のいい声で返事をしながら、小走りにかけ出して受話器をとった。

弾んだ声で名乗ると、

「奥さんですか」

はじめて聞く女の声だった。

「どなたさま」

しばらく沈黙があって、

「ご主人にお世話になっているものですが」

こんどは常子が黙る番だった。

まさかとやっぱり。

ふたつの実感が、赤と青のねじりん棒の床屋の看板のように、頭のなかでぐるぐる廻っている。

ご主人に内緒でお目にかかりたい。今日、これから時間はとれないかと言うのを、ひとごとのように聞いていた。

黒く伸びた電話のコードの先に闇があって、その闇のなかに女がひとり坐っている。顔も姿も見えないが、自分と同じように受話器を持って坐っている。年格好は常子の半分か、もうすこしいっているかも知れない。素人ではないらしい。

常子は、自分の指が縒《よ》るようにもてあそんでいる小布団の四隅に下げた赤い飾りの糸が、脂《あぶら》でうす黒くなっているのに気がついた。ひと月もたっていないのに、どうしてこんな嫌な色になったのだろう。

女とは、夕方、ホテルのロビーで逢うことにした。

「わたくし、あなたのお顔を存じませんが」

と言いかけると、女は、わたしは判りますとうすく笑った。

どうして判るのだろう。夫は、この女に家族の写真を見せたのだろうか。腋の下が汗ばむのが判った。

最後に女の名前を聞いたとき、常子はもう一度絶句した。ツネコと聞えたからである。夫は、自分と同じ名前の女を、と思いかけたが、これはすぐ間違いと判り、女はツワコであった。念を押す常子に、

「つわぶきのつわです」

「石の蕗《ふき》と書く――」

「いえ、ひらがなでつわ子」

電話を切って、しばらく常子はそのまま坐っていた。じゃがいもの澱粉《でんぷん》で、黒い受話器に、白い指のあとがついている。

それから、急におかしくなった。体を二つ折りにして笑った。女の名が、花の名前と同じだということに気がついたからである。


結婚する前、松男は花の名前をほとんど知らなかった。

桜と菊と百合。

知っているのは、これだけである。よく聞くと、この三つもあやふやだった。

「桜だけは自信があります。ぼくの中学の徽章《きしょう》ですから」

と威張るので、桜と梅との区別をたずねると、とたんに頼りなくなった。

「やめようかしら」

常子は、うちへ帰って溜息をついた。

これからの長い一生、何の花が咲いて何の花が散ったのか関心のうすい男と暮すことは、二十歳《はたち》になった常子にはさびしいことだった。

花の名前だけのことではないのである。

ところが、常子の母は、急にこの縁談に乗気になった。

そういう男のほうが、女房はしあわせだというのである。

「お父さんをごらんな」

常子の父は、よくいえば趣味人、はっきりいえば器用貧乏というところがあった。魚を貰うと、鮮かにさくどりをして刺身につくった。水引きなど結ばせると、母よりはるかにうまかった。女の着物についての知識もあり、柄の見たても上手だった。その分、殺し文句もうまかったのであろう、役人としては出世しなかったが、常子の知らないところで小さな女出入りもあったらしい。

母にせきたてられるようにして、次に松男に逢ったとき、彼はひとりごとを言った。

「おれは不具《かたわ》だな」

常子は、隣りに立つ自分より頭ひとつ大きい男を見上げた。

子供の頃から、名門校に入ること、首席になることを親にいわれて大きくなった。数学と経済学原論だけが頭にあった。真直ぐ前だけ見て走って来た。

「結婚したら、花を習ってください。ぼくに教えてください」

常子は、もうすこしで松男に飛びつくところだった。女だてらにはしたないとこらえたが、すぐに松男の筋張った手が常子の手を握りに来た。

わたしでよかったら、教えてあげる。

花の名も、魚の名も、野菜の名も。

松男は、約束を守った。

新婚旅行からもどると、常子を近所の華道の師匠につけた。週一度の稽古のある日は、寄り道をせずに真直ぐ家に帰って来た。夕食もそこそこに、今日習った通り目の前で常子に活けさせ、手術に立ち合う実習生《インターン》といった目で見つめ、

「それはなんの花だ」

しつこいほど、繰り返してたずねた。

花の稽古日の夜は、必ず荒々しいしぐさで常子を抱いた。新婚の頃は、そうとは気づかなかったが、結婚して五年目、偶然の機会から夫の手帖を見て判った。

松男は、その日、常子に習った花の名前をメモしていた。

三月×日　ラッパ水仙（黄色）

　　　コデマリ　　（白）

という具合である。

更に、その日の、最後の欄に符牒《ふちよう》がひとつついていた。実行と書いて、枠で囲ってあった。

前に遡《さかのぼ》って調べると、ほとんど例外なくついていた。

ちょうどその頃だったろうか。

夜遅く、夫が上機嫌で帰って来たことがあった。

上役の家に招《よ》ばれ、夫人の活けた床の間の花を、かなり玄人好みの凝った花材だったが、松男だけが言い当てることが出来たというのである。

見直したよ、と上役夫妻に言われたと夫は何度も繰り返し、それから、畳に手をついた。

「お前のおかげだ」

上役に気に入られて有頂天になる夫を見るのは、はじめてだった。この人にもこんな俗な面があるのかと、かすかに失望しないことはなかったが、

「お前のおかげで、人間らしくなれた」

と言われれば、悪い気はしなかった。

電気を消してからあとの、夫の手荒いしぐさを待ち受ける気持もあった。その夜のことが原因かどうか。このあと常子は流産をした。生れていれば、三人目の子供である。

日常のこまごましたことを妻が教え、その夜、教わった分だけ、お返しというか仕返しをする習慣は、このあたりから自然にすくなくなっていった。

松男はもともと、時間や規則にやかましい四角四面の人間だったから、流産がこたえたのかも知れなかった。

もう教える必要もなくなっていた。

鱸《すずき》と鰡《ぼら》の違い。鰆《さわら》とまながつおの味の差。ほうれん草と小松菜、三つ葉と芹。

この区別も出来るようになっていた。

犬というのは、ただ犬という動物がいるだけではなく、秋田犬、土佐犬、柴犬がいて、セパードがいて、グレートデンがいて――ということが判るようになっていた。

しかし、習慣というのは恐ろしいもので、夫に復習を強いる口調になっている。

松男のほうも、うるさいな、判ってるよ、といいながらも、

「狸みたいなほうがシャムで、狐みたいなのがペルシャだろ」

「反対ですよ」

こまかいところでは、まだまだ常子のほうが上だった。

これだけは二十五年前と同じで、黙っていれば、いつまでも冬服を着て汗を掻いている。常子の出す下着を着て、

「おれは色は判らん」

常子の選んでくれるネクタイを締め、冠婚葬祭のつきあいも、部下の仲人を頼まれた時の挨拶も、みな常子の言う通りにしていた。

長女に「具体音痴」とからかわれているが、あとは世間なみの父親であろう。

仕事は出来、出世も人より早かったが、真面目の上にもうひとつ、あまり字面《じづら》のよくない字がのっかるところから、女道楽だけは大丈夫だと思っていた。

だが、女がいた。

女は花の名前だった。夫がその女にひかれたのは、恐らく名前のせいに違いない。

「教えた甲斐《かい》があったわ」

常子は呟き、もう一度大きな声で笑った。

無理に笑っていた。

ラケットを取りにもどった長女が、

「ママ、どうしたの」

とたずねたが、娘に話せる筋合いのものではなかった。

女と約束した場所に出掛けるのに、美容院にゆくには時間がないが、じゃがいもの皮のつづきを剝くぐらいのゆとりはある。

毒がある、食べると死ぬよ、と昔、母にいわれたうす紅い芽を、自分でもびっくりするほど大きくえぐり取っていた。


つわ子と名乗った女は、三十をすこし出た、二流どころのバーのママらしかった。衣裳も化粧も地味で、おっとりした品の悪くないひとだった。

子供が出来たというのか、それとも手切れ金なのか。もっと深刻ななにかなのか。くる途中、ああかこうかと思い屈し、どうにも見当がつきかねて、出たとこ勝負でと多少気負って来た常子は、そのどれでもないらしいと判ると拍子抜けがした。

ご用件は、と聞くとコーヒー茶碗の把手をもてあそんでから、

「こういう者がいるということを、覚えておいていただこうとおもって」

それだけ言って、ホテルの庭の滝を眺めている。

黙っていても埒《らち》があかないので、常子は、ご存知と思うが去年銀婚式を迎えたこと。就職、結婚をひかえた子供がいること。主人は外でどんなおつきあいをしているか知らないが、うち

と外とは別に考えております、などとしゃべった。

つわ子は、ひとことも物を言わない。

「つわ子って、珍しいお名前ねえ。うちの主人、すぐ言いましたでしょ。つわぶきからとったなって」

ええ、と相手が答えたら、昔のことを話すつもりだった。花の名前は、わたしが教えたんですよ。

だが違っていた。

「いいえ別に」

つわ子は、ゆっくり答えた。

「そういえば、ご主人、あとになって言ってたわねえ。君のおふくろさん、つわりが重かったのかいって」

人の好さそうな顔で笑うと、

「そんな名前、子供につける親、ないですよねえ」

つわ子は、もうひとつ意外なことを言った。

夫は、バーで常子のことを、うちの先生と呼んでいるというのである。

「うちの先生……」

「なんでもよくご存知なんですってねえ。あたしと反対だわ。あたし、馬鹿で有名なんですよ」

常子は女の着つけがゆる目なのに気がついた。しゃべり方も、スプーンを動かす手つきもゆっくりしている。ほんのすこし、捻子《ねじ》がゆるんでいるとも思えるが、演技かもしれない。そうだとしたら、本当にこわいのはこのての女だという気もする。

何でも知っている筈の常子は、結局なにも判らず、コーヒー代をつわ子と割り勘で払って帰って来た。

その夜、夫も子供たちも帰りが遅かった。

ひとりで茶の間に坐っていると、軀の芯のところから、ふつふつと湯がたぎるようにたかぶってくる。「おれは不具だ」と言い、「教えてください」「お前のおかげだ」と畳に手をついたのは、あれは何だったのか。

日記帖についた夫の符牒には、どういう気持がこめられていたのだろう。

夫は、いつもの顔をして帰ってきた。

叩きつけたい言葉を呑み込んで、

「つわぶきの花、知ってます」

と聞くと、酒くさい息が面倒くさそうにこう答えた。

「つわぶきか。黄色い花だろ」

「つわ子って人、知ってる」

常子の口を封じるように、

「此《こ》の頃、見かけないなあ、あの花は」

奥へ入ってゆく夫の背に、

「電話があったわよ。あのひと、一体……」

追い討ちをかけると、夫の足がとまった。

「終ったはなしだよ」

そのまま入って行った。

またひと廻り、軀が大きく分厚く見えた。その背中は、

「それがどうした」

と言っていた。

物の名前を教えた、役に立ったと得意になっていたのは思い上りだった。昔は、たしかに
肥料《こやし》をやった覚えもあるが、若木は気がつかないうちに大木になっていた。

花の名前。それがどうした。

女の名前。それがどうした。
夫の背中は、そう言っていた。
女の物差は二十五年たっても変らないが、男の目盛りは大きくなる。
隣りから、テレビの「君が代」が流れて来た。

ダウト

病室を出てはいけない。手替りがくるまで病人のそばを離れてはいけないことは、塩沢にも判っていた。

個室のベッドで、大いびきをかいて眠っているのは、ついこの間、喜寿を祝った父親である。三日前に脳出血の発作で倒れ、意識不明がつづいている。再度の発作なので、今度は回復はむつかしい、覚悟してくださいといわれたばかりである。年の割りに心臓が丈夫なので、今晩の夜中からあけがたにかけてが峠でしょうというので、会社を終えた塩沢がくるのを待ちかねて、女房はうちへ支度に戻っていった。有体《ありてい》にいえば、喪服の支度、葬式の準備である。

逢わせるべき人との対面はすでに終っていた。もともと狷介《けんかい》な性格だったのが、やもめになって更に輪をかけ、一年前にはじめての発作で体に麻痺が残ってからは、極端に人づきあいを嫌がるようになっていた。病室の花も見舞いの品も、塩沢の常務という肩書からくる儀礼的なものばかりである。

窓の外が薄ねずみ色になってきた。

ねずみの色が濃くなりやがて闇になる。まわりの色を黒く変えてゆく時間と、父は命の陣取りをしているようだ。

息子としては立ちはだかってやらなくてはいけない。枕もとについていてやらなくてはいけないのだが、部屋にいるのが耐えがたかった。

理由は臭気である。

それは父の口許から立ち昇っていた。

意識はなくなってもひげは伸びるとみえて、白い粗朶《そだ》のような口ひげは蝶番《ちょうつがい》がこわれたかと思うほど大きくあけた口のまわりで、艶を失ってこまかく震えている。

匂いはそのあたりからひろがり、部屋いっぱいに立ちこめている。

親の匂いなら、うとましさのなかに懐しさを見つけ出してこらえ受けとめてやるのが、父子の情というものであろう。だが、父のそれは、ただの病人特有の口臭だけではなかった。もっと別の、はらわたの匂いがした。

父は、どちらかといえば枯淡《こたん》の人であった。

小学校の校長を停年でやめたあとも、教育畑一筋に歩いた。酒もつき合い程度にたしなんだが、度を過すということはなかった。

「お父さんみたいに衿の汚れない男は、いないんじゃないかねえ」

父と正反対に、口実があれば晩酌ぐらいたしなもうという母親がそう言ったことがある。若い時分から脂気《あぶらけ》がなかったという言い方で、男として欲望の薄かった夫を寂しく思っていたことを言外に匂わせていた。

もともと痩《や》せていたが、晩年は脂気も水気もなくなって、へし折ればペキンと音がしそうであった。廊下ですれちがうと、形も匂いも父は一本の煙管《キセル》であった。

この人間のどこから、けだものじみた臭気が出てくるのか。人はこういうおぞましいものを吐き出さなくては死ねないものなのであろうか。

塩沢は、父は医者がいうよりもっと「早い」のではないかと思った。席をはずしてはいけない。親戚の間で塩沢はよく出来た長男で通っている。それにこたえるためにもいま父から目を離してはならなかった。

だが、匂いは耐えがたかった。

さっき、塩沢と入れちがいに、うちの片づけを口実にそそくさと出ていった女房も、実はこの匂いに我慢が出来なかったのではないか。

病院の売店に夕刊のくる時刻である。

関連会社の顔見知りの役員が、贈賄容疑でこの間うちから紙面に名前をのせている。夕刊には目を通さなくてはならない。

夕刊は口実と自分で判っていながら、塩沢は病室を出た。

インクの匂いを、黒く汚れた手に抱えて病室へもどったとき、父のいびきはとまっていた。看護婦を呼ぶベルに指をかけながら、父の死を悲しむより女房や親戚に臨終に居合わさなかったことをどう取りつくろったものか、言いわけを考えていた。

自分の嫌な匂いを嗅いだような気がして、塩沢は力いっぱいベルを押した。押しながら、あの匂いが、嘘のようになくなっていることに気がついた。

「乃武《のぶ》ちゃん、どうします」

通夜や葬式の日取りを電話で知らせながら、女房が塩沢の顔をうかがった。

乃武夫《のぶお》というのは、塩沢の従弟である。

「こっちから知らせることはないだろ」

「でも、乃武ちゃん、ほかとはつき合いがないんじゃないの」

「〝ちゃん〟て年じゃないよ」

「あなたのひと廻り下だから、そうか、乃武ちゃん、もう三十五なのねえ」

「いい年して、フラッカノラッカしてるから、誰も相手にしないんだよ」

フラッカフラッカというのは、仏になったばかりの父の口癖である。

親戚を探せば一人や二人、御座《おざ》に出せない人間というのがいるものだが、乃武夫がそれであった。なにしろ、一度も定職を持ったことがない。

大学も形だけは入ったと聞いたが、すぐにやめてしまい、あとは顔を出すたびに住所も仕事も替っていた。

芸能プロダクションのマネージャーをしているといって、見たこともないタレントの顔や水着の写真が貼ってあるアルバムを見せられたこともある。

「アンヤ」をしている、というので、和菓子のほうかと思うとこれが「案屋」で、テレビのCMで見かける景品のアイディアを考え、持っていって、歩合いを貰う仕事だという。

仕事を替えるたびに、女も取り替えていたようだった。ヒモ同然の暮しをしていた時期もあったらしい。

身なりもしおたれ、人相まで変ってあらわれるかと思うと、いきなりドカンと極上の蟹罐《かにかん》の大箱をお歳暮に送ってくる。礼状を書いて出すと、その礼状が宛先不明で戻ってきたりするのである。

「でもねえ。おじいちゃん、乃武ちゃんのことかわいがってたから」

呼びたかったら、お前、呼んだらいいだろ。俺はいやだよ、ということばを呑み込んで、塩沢は年賀状の束をほどいていた。

乃武夫は親戚の女たちに人気があった。

取り立てて美男というわけでもないのだが、女のあしらいがうまいというか、ちょっとしたしぐさに、女の気持をくすぐるものを持っているのであろう。

乃武夫がひとり加わると、座が華やぐのが判った。女たちはよくしゃべりよく笑うようになる。

いつだったか、乃武夫が茶の間で女房としゃべっていたところへ、長女が友達の結婚式から帰ってきたことがあった。母親に似て節約《しまつ》なたちで、うちへ帰ると、しみをつけるといけないと、すぐに晴着などは脱いで普段着に着替えるのだが、この夜だけは乃武夫のいる間中着替えをせず、晴着のままでケーキをつまみお茶をのんでいた。

こんな男に、いいとこを見せて何の足しになるんだ、と塩沢は面白くない気分だったが、気がついたら、これは長女だけではないのである。

乃武夫が塩鮭のハラのところが好きだといったのを、女房は何年も前のことなのにちゃんと覚えていて、

「乃武ちゃん、生焼けぐらいのほうがいいんだったわねえ」

浮き浮きしているのが、声の調子で判る。

鮭のハラのところは塩沢も好物である。一番いいところを、あっちに廻しているようでムッとなった。

しかも、女房は茶筒をもてあそびながら乃武夫のはなしに相槌を打っている。

黒塗りの茶の罐に顔を写し、小鼻のあたりに浮いた脂をそっと指のハラで押えているのを見逃さなかった。

「あなた、乃武ちゃんていうと、目の仇《かたき》にするわねえ」

「そういうわけじゃないけどさ。この前みたいなことがあると、嫌じゃないか」

「この前って――本家のお葬式のこと」

「親戚同士で、金のことでゴタつくのはご免だよ」

「でも、現場押えたわけじゃないでしょ」

「ほかにあんなことする奴はいないよ」

二年ほど前の本家の葬儀で、香奠《こうでん》が五万円ほど足りないということがあった。

その前後にたしかに、乃武夫が出たり入ったりしていた。景気のよさそうなはなしをしているが、その実、懐ろは楽ではないと見え、箱ばかり立派な安物の線香でお茶をにごしていた。

親戚の中で小金を持っていると評判の後家に、借金を申し込んで断られたという噂もあった。

この葬式で、塩沢は葬儀委員長といった役割りをつとめたこともあり、乃武夫の持物を検《しら》べるといきまいたのを、仏の前で血のつながった人間に赤っ恥掻かせることもないでしょう、と女房や親戚の女たちがとめたのである。

塩沢は胸が納まらず、かなりはっきりしたあてこすりを言った覚えがあるが、乃武夫は顔色ひとつ変えず、若い娘や子供たちを集めて、細くて長い指を器用に操って、ラインダンスをしてみせていた。

煙草の脂《やに》で茶色くなった先細りの指が、まるで踊り子の脚のように揃って上ったり下ったりするのが、ひどく下品に思えた。

「場所柄を考えてやれ」

口許まで出かかったのをこらえた覚えがある。

喪主の座に坐りながら、塩沢は満足していた。

父を喪《うしな》って満足というのは聞えが悪いが、本心をのぞけば、そんなところだった。

庶務の連中が総出で、葬壇から通夜、告別式の段取りまで仕切ってくれている。すべては常務取締役という肩書にふさわしいものである。

来て恥しくない親戚はみな顔をみせたし、友人たちも悔みに来てくれている。

肉親に死なれた悲しみと、豁達《かったつ》さをほどほどにみせて振舞っている自分に、ほんのすこしうしろめたさを覚えながらも、まあ、こんなものだろう、というところがあった。

通夜にしろ結婚式にしろ、人の節目のセレモニーには、大なり小なり芝居っ気がともなうものである。気に病むことはないさ。

勝手口に、馬鹿でっかい寿司桶が届いたのは、そのときである。

駅前の大きな寿司屋からで、極上を二十人前届けてくれと、届け先だけ言って金を払っていったと聞いただけで、塩沢は女房と顔を見合わせた。

乃武夫に決っている。

羽振りがよくなってくるときは、いつもこのやり方だった。

寿司桶より一足遅れて、気をもたせておいて本人が登場する仕組みである。

「ドサ廻りの芝居じゃないんだ。見えすいた先乗りはよせ」

そう言ってやろうと思いながら、気がつくと子供たちが寿司に手をつけていたりで、きついことを言いそびれていたのである。

案の定、一足遅れて乃武夫がやってきた。

「今度は大丈夫そうよ。靴も背広も新しいわ」

耳許で報告する女房に、

「目を離すな」

と言った。

「この前みたいなことがあると、恥掻くのは俺だからな。会社の連中の手前もある」

終りのほうは思わず声が高くなって、女房にたしなめられた。

乃武夫は殊勝な面持ちで、塩沢に一礼すると、葬壇の前にすすんだ。香奠を供え、丁寧に焼香をした。合掌しながら、洟《はな》をすすっている。

こういうところが気に入らなかった。長男の俺が涙をこぼしていないのに、縁の薄い人間がわざとらしい真似をすることはないじゃないか。

この男は、いつもこのやり方で世渡りをしてきたのだろう。いつでも人の意を迎え、人の気に入られるように振舞うのが、板についてしまっている。そう思って見ると、乃武夫の黒い背広が、細かい鱗《うろこ》の織り出し模様になっているのも、腹が立ってきた。

塩沢のそばににじり寄って、悔みを言いかけた。塩沢は目を閉じ、香華《こうげ》の匂いを鼻いっぱいに吸い込んだ。いま、このうちは、便所のなかから、台所の上げ蓋の下まで、香の匂いがする。

玄関にざわめきが起った。

「鯨岡常務の奥さんがみえた」

シッとささえぎる小さな声が、

「モト、モト」

「鯨岡さんでいいんだよ」

と囁《ささや》き合っている。

半年ほど前に死んだ鯨岡元常務の未亡人である。

鯨岡は一年前に失脚して、その地位を塩沢にゆずった形になった。そのあと、失意からノイローゼ気味になり、酒と睡眠薬ののみ過ぎが引き金になって半年ほど前に急死した。

このときの葬儀万端を取りしきったのが塩沢である。

小柄な未亡人は、悔みと一緒にそのときの行き届いた世話に改めて礼を言い、それにひきかえ、私は何の力添えも出来ないと詫びて帰っていった。

見送りに席を立ちかけた塩沢のうしろで、乃武夫が、

「クジラオカ」

と呟いた。

なにかを反芻《はんすう》するような、意味のこもったいい方に聞えた。

やっぱり、あのとき、乃武夫はいたのだ。

あの声を聞かれてしまった。

塩沢は、うしろから斬りつけられたような気がした。

自分のなかに、小さな黒い芽があることに塩沢は気がついていた。

人が見ていないと、車のスピード違反をする。絶対安全と判ると、小さなリベートを受取ったこともある。出張先で後くされのない浮気をしたことも二度や三度ではなかった。

人間的にもよく出来た人、という評価の裏のこういう面を、我ながら嫌だな、と思いながら、なあに人間なんてこんなものさ、このくらいは誰だってやっているさ、とうそぶくところもあった。

だが、たったひとつ、思い出したくないことがある。

どうしてあんなことをしたのか、自分でも説明がつかないのだが、気がついたら、会長の別荘の電話番号にダイヤルを廻していた。

夏の晩であった。女房と子供たちは観劇に招《よ》ばれていなかった。

会長のしわがれた声が受話器の向うに聞えたとき、塩沢は持っていたハンカチで口をふさぎ、作り声で、鯨岡の讒訴《ざんそ》をしていた。

業者からのリベートで家を建てたこと。

女出入り。

一方的に話し終え、受話器を置いたとき、家の中に気配を感じた。

乃武夫が台所で水を飲んでいた。

「入るときは玄関から入れよ」

自分でも声が震えているのが判った。

「みんな、居ないの？」

屈託のない乃武夫の声に、ほっとしたのだが、やはり聞いていたのだ。

「ねえ、乃武ちゃんの香奠、五万ですってよ」

女房の声が遠くでしゃべっているようだ。


葬壇の前で夜伽《よとぎ》をしながら、塩沢は乃武夫をいたぶった。

会社の連中は引き揚げ、残ったのは濃い血縁の者だけになっていた。それも、日取りの都合で、通夜が二晩目にあたることから、疲れが出たせいかほとんどが寝入ってしまい、目をあけているのは、塩沢と乃武夫、それに船を漕ぎながらつき合っている女房の三人だけになっている。

酒の勢いをかりて、塩沢は言いつのった。

香奠の五万円は、お前の格としては多過ぎるんじゃないか。それともなにかの罪滅ぼしのつもりか。

この前の本家の葬式のときの香奠泥棒をあてこすっているのだが、乃武夫は、頭を掻いて、

「いろいろ迷惑かけてるからね。出来るときにしとかないとね」

塩沢に酌をするだけである。

「俺は土曜に小金借りる男は嫌いだね。間に日曜がはさまると、なし崩しにごまかせると思ってる。借りるのなら、月曜にドカンと借りるべきだよ」

「人に名刺を見せられるようになってから出入りしてくれ」

あの夜、作り声の讒訴を聞いたかどうか、試すためには乃武夫を怒らせるほか「て」がなかった。

トランプに「ダウト」というゲームがある。

カードで数を順に出してゆく遊びだが、相手のカードを嘘と疑ったら、「ダウト」と声をかける。

嘘であれば、「ダウト」をかけた人に有利になり、はずれたら、リスクは大きい。

「大きなこといえた義理かい、自分はなんだよ」

いっそはっきり言ってくれたほうが、胸の突っかえがおりるというものだ。

あの夜のことをひとこと洩らしさえすれば、塩沢の権威は失墜する。女房は俺を軽蔑するに違いないが、もしやと思いながら日を過すよりいっそすっきりする。

だが乃武夫は、のらりくらりと逃げ、酔って眠ってしまった。

塩沢にトランプの「ダウト」を教えてくれたのは、死んだ父である。

塩沢は子供の癖に、「ダウト」を見破るのがうまかった。そして、父は融通の利《き》かない性格そのままに、よく引っかかった。塩沢が正しい数字を出しているのに、「ダウト」をかけては、負けていた。

塩沢が暗い立川駅で一時間ばかり待たされたのは、小学校一年か三年の夏休みである。父は珍しく奥多摩へ釣りに連れていってくれた。その帰りに改札で呼びとめられた。

「お前はここで待っておいで」

といわれ、ベンチに一人で坐っていた。

蚊にくわれて、足がかゆかった。

うんざりするほど待たされて、駅長室から父が出てきた。急に老けた顔になっていた。

物もいわず先に立って改札を出ると、黙って鰻丼をおごってくれた。塩沢は、父がキセル乗車をしてとがめられたことに気がついていた。母や弟妹たちに言ってはいけないことも判っていた。

だが、父は、疑っていた。塩沢が告げ口をしたのではないかと思っていた節《ふし》がある。気のせいか、父は、前ほど心をひらいて塩沢を可愛がってくれなくなった。

乃武夫は葬壇に寄りかかって眠っている。

本当にこの男は、あの声を聞かなかったのだろうか。

それとも聞いて、聞かぬ振りをしていてくれたのか。

ちゃらんぽらんで、ごまかしながら世渡りをしているこの男に、たったひとつ、俺のかなわない澄んだところがあるのか。

「ダウト」

と何度声をかけても、カードを裏返してくれなければ、計りようがない。

幼い塩沢の前を、そげたような背をみせて改札口を出て歩いていったあの夜の父の姿がよみがえった。

あの人格者といわれた父にあの夜の汚点があった。そして俺もまた……。

死ぬ間際に父の吐いたはらわたの匂いは、そのまま俺の匂いだ。もしかしたら、生き乍《なが》らの腐臭を、この男に嗅がれている。

おぞましさとなつかしさが一緒にきて、塩沢は絶えかけていた香をくべ、新しい線香に火をつけた。

小説新潮五十五年二月号から五十六年二月号にかけて掲載した十三篇を収めました。
上梓にあたり順番は題名に因んで十三枚のカードをシャッフルしてあります。
「綿ごみ」は「耳」と改題しました。

著　者

書誌一覧

初出

かわうそ	「小説新潮」	昭和五十五年	五月号
だらだら坂	〃	〃	八月号
はめ殺し窓	〃	〃	十二月号
三枚肉	〃	〃	十一月号
マンハッタン	〃	〃	十月号
犬小屋	〃	〃	六月号
男眉	〃	〃	三月号
大根の月	〃	〃	七月号
りんごの皮	〃	〃	二月号
酸っぱい家族	〃	〃	九月号
耳（原題「綿ごみ」）	〃	昭和五十六年	一月号
花の名前	〃	昭和五十五年	四月号
ダウト	〃	昭和五十六年	二月号

「思い出トランプ」単行本	昭和五十五年十二月	新潮社
文庫	昭和五十八年五月	新潮文庫
向田邦子全集　第三巻	昭和六十一年八月	文藝春秋

編集部より

本書に収録した作品の中には、現在の社会的規範に照らせば差別的表現あるいは差別的表現ととられかねない箇所が含まれていますが、作品全体として差別を助長するようなものではないことなどに鑑み、また著者が故人である点も考慮し、原文のままとしました。

向田《むこうだ》邦子《くにこ》全集《ぜんしゅう》〈新版《しんぱん》〉第一巻

平成二十一年四月二十二日　第一刷
令和　四　年二月　十五　日　第四刷

著　者　向田《むこうだ》邦子《くにこ》

発行者　大川繁樹

発行所　株式会社　文藝春秋
東京都千代田区紀尾井町三番二三号（〒一〇二―八〇〇八）
電話〇三―三二六五―一二一一

印刷所　精興社

製本所　加藤製本

ISBN 978-4-16-641680-6

向田邦子生誕八十年記念出版　向田邦子全集〈新版〉　文藝春秋刊　全十一巻・別巻二

第一巻　第一回配本
小説一　思い出トランプ

第二巻　第二回配本・二〇〇九年五月下旬刊行
小説二　あ・うん

第三巻　第三回配本・二〇〇九年六月下旬刊行
小説三　隣りの女　男どき女どき［小説］

第四巻　第四回配本・二〇〇九年七月下旬刊行
小説四　寺内貫太郎一家

第五巻　第五回配本・二〇〇九年八月下旬刊行
エッセイ一　父の詫び状

第六巻　第六回配本・二〇〇九年九月下旬刊行
エッセイ二　眠る盃

第七巻　第七回配本・二〇〇九年十月下旬刊行
エッセイ三　無名仮名人名簿

第八巻　第八回配本・二〇〇九年十一月下旬刊行
エッセイ四　霊長類ヒト科動物図鑑

第九巻　第九回配本・二〇〇九年十二月下旬刊行
エッセイ五　夜中の薔薇

第十巻　第十回配本・二〇一〇年一月下旬刊行
エッセイ六　女の人差し指

第十一巻　第十一回配本・二〇一〇年二月下旬刊行
エッセイ七　男どき女どき［エッセイ］
映画記者時代の文章　補遺　年譜

別巻一　第十二回配本・二〇一〇年三月下旬刊行
向田邦子全対談

別巻二　第十三回配本・二〇一〇年四月下旬刊行
向田邦子の恋文　向田邦子の遺言
向田邦子の恋文／向田和子　向田邦子の遺言／向田和子
鼎談・素顔の向田邦子／植田いつ子・向田せい・向田和子
インタビュー「思い出の作家たち」より／向田せい
インタビュー・わが家の家風／向田せい
書簡、添え状、メモなど